华语文学大赛
冠军创意写作课

B卷 实力作品卷　潘云贵 主编

北京时代华文书局

图书在版编目（CIP）数据

华语文学大赛冠军创意写作课.B卷:实力作品卷/潘云贵主编.--北京:北京时代华文书局,2021.9

ISBN 978-7-5699-4359-7

Ⅰ.①华… Ⅱ.①潘… Ⅲ.①中国文学－当代文学－作品综合集 Ⅳ.①I217.1

中国版本图书馆 CIP 数据核字（2021）第 161816 号

华语文学大赛冠军创意写作课.B卷：实力作品卷
Huayu Wenxue Dasai Guanjun Chuangyi Xiezuoke B Juan Shili Zuopin Juan

主　　编｜潘云贵
出 版 人｜陈　涛
责任编辑｜田晓辰
执行编辑｜郭丽丽
责任校对｜陈冬梅
封面设计｜程　慧
版式设计｜段文辉
封面插画｜闲梨 Lwhuoo
责任印制｜訾　敬

出版发行｜北京时代华文书局 http://www.bjsdsj.com.cn
　　　　　北京市东城区安定门外大街 138 号皇城国际大厦 A 座 8 楼
　　　　　邮编：100011　电话：010 - 64267120　64267397

印　　刷｜三河市嘉科万达彩色印刷有限公司　　电话：0316-3156777
　　　　　（如发现印装质量问题，请与印刷厂联系调换）

开　　本｜880mm×1230mm　1/32　　印　张｜7.5　　字　数｜204 千字
版　　次｜2021 年 11 月第 1 版　　印　次｜2021 年 11 月第 1 次印刷
书　　号｜ISBN 978-7-5699-4359-7
定　　价｜42.00 元

版权所有，侵权必究

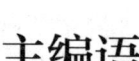

主编语

作为一门新学科,创意写作虽然在中国本土的历史不算长,却得到了蓬勃发展,反响热烈。尤其在当下新文科建设的背景下,它与传统中文学科保持着相当微妙的关系。

在创新与实践上,创意写作突破了传统中文学科长期关注文本阅读赏析与文本理论批评的局面。时代瞬息万变,文学作品为适应发展,也需具有市场化思维与服务意识,为人们提供多元类型和层次的精神产品,包括思想启蒙、常识认知、娱乐消遣、虚拟体验等诸多方面,才能争取更多受众,进一步推动中文写作的传播与影响,使文学由生活而来,也能应用到生活当中。创意写作鼓励写作的类型化与审美趣味的多样化,十分符合当下时代创作的共识。

初学写作的人常遇到一个问题:心中有一种模糊或混沌的东西,不知怎样才能输出成为笔下的文字。创意写作既然是学科,自然也在解决此类问题,在"教"与"学"的过程中让人茅塞顿开。长久以来,教育界与文艺界也围绕"作家是否能教"展开诸多论战。天才作家虽然在任何时代都存在，但毕竟为少数，多数作家是靠努力自学与勤奋创作走出来的。这类"野生"作家的养成模式已经不适应当前时代的发展需求，有体系有脉络的创意写作学科正自觉地为社会培养更多的创意写作人才，进而满足社会方方面面的写作需要。

我们需要树立信心，写作并非神秘活动，它有规律可循，有据可依，即便是神秘的灵感，也能在一定方法下被激发与捕捉。写作是作家的个体独创和遵循成规的统一，那些被认可的较成功的作品，具有被广泛接受的题材、元素以及风格化、程序化的处理方式等特点，需要被发现、进一步研究及阐释，从而更好地被后来者使用。

编撰《华语文学大赛冠军创意写作课》的缘由也在于此。不同于以往任何一本写作教辅读物，本套书是由目前各大华语文学赛事的大奖得主亲自梳理自己作品的写作成规，总结写作规律，并从成规上路，带领初写者较快进入写作的世界，在各大文学赛事中找到自己的写作方向，写出极具创意的作品。这是当下创意写作教学的一种延伸，实践着"作家可以培养，写作可以教学"的理念。

在书中，各作家都设有自己的"写作课"，陈述自我创作观点，剖析自身文本，讲授实用技法。讲故事的方式、人生经验的传递、语言的锻造、情感的共鸣、思想的深刻性，如何较为准确地呈现，作者都以自身为例，避免枯燥抽象的理论，帮助初学者解决"写作前—写作中—写作后"各环节的问题，还原日常创作现场及细节。本书主要有以下几个特点：

一、涵盖多种类型文学写作。当今多数作家的写作正适应着类型化趋势，读者的类型阅读期待和类型意识不断形成，他们主动寻找自己喜欢的类型作品。没有类型意识或对自己作品定位不清的写作者不易找到特定读者。本套书所收录作品皆来自特定类型文学赛事冠军的作品，如青春文学、严肃文学、儿童文学、奇幻文学等类型，带初学者较快认识并找到自己感兴趣的文类题材。

二、获奖作者亲授写作技巧。由海峡两岸暨港澳文学奖得主针对自己得奖佳作及实力作品亲自授课，讲述创作一篇作品的前前后后。怎样捕捉灵感，怎样挑选特别角度让日常题材标新立异，如何采用有趣的结构展开文本各个段落，如何使用不同的修辞使得语言有不同效果，还有情感、思想等何以有效传达，这些年轻但经验丰富的写作者都会一一道出，让写作这件事不再神秘与遥远，让初学者也能轻松上手。

三、课后经典文本推荐阅读。网络时代消除了阅读资源匮乏的问题，但也带来了信息的大爆炸。如何从茫茫书海里找到适合自己的读物来学习，提升创作能力，书中的文学奖得主在各自的写作课堂带来一份珍贵的推荐书单，从中可以看到他们阅读的脉络。每个作家背后都会站着许许多多作家的身影，这些经典文本能够启发本书中的作者，同样也可以启发更多刚学习写作的朋友。

四、帮助养成日常写作习惯。书中设置了小栏目，读者可以从中看到这些作家如何处理现实中关于写作的习惯问题，如什么时候写比较有感觉、怎样的环境能让创作事半功倍、除看书以外还有哪些途径有助于提升创作能力、遇到创作瓶颈期的时候应该如何调整等，诸多写作者遇到的困惑、烦恼都能在这套书中得到解答，也可以帮助读者了解写作的过程，从中得到启发，在日常生活中养成适合自己的写作习惯。

19世纪法国批判现实主义作家司汤达曾把小说定义为"沿着公路移动的一面镜子",其实多数文艺创作都源自对自我或他者生活的观望、映照。

当下的年轻写作者出生在网络时代,也生活在一个物质过剩的时代,世界给予他们的多半是善意与平稳的成长时光,在城市化环境中过着相似的生活,不像父辈,要承受过往年代里太多命运造成的恐惧与波澜。于是在年轻创作者的笔下,总是陷入"乌托邦"式或"自恋"式的叙述,是关于童年、青春、故土、生活相对理想的状态。

本套书中收录的作品多来自"90后"作家中的翘楚,离"00后"出生的写作者很近,同时又比他们有经验,比起父辈,这些"90后"作家在技法、结构、情感表达上继承传统又开拓出自己美学的疆域,更新颖别致。不妨将他们的作品作为标杆,作为一个个镜面,看到他们,也反观自己,从而提升自己的创作能力。当然,书中的这些作者呈现给大家的是他们某段时期的创作文本,我们不能因此草率"定性",以横截面简单评判整体,以免造成误判。他们还年轻,他们还有无限可能。

执笔的意义在于伴随人的成长而改变。最初是情动而记录,凭着主观情绪和幽微玄妙的来源,持神的烛焰而行,后来学工匠要精心雕琢,便拿出修辞、结构、他者的经验与主义这些工具,镶进美学、哲学、宗教、伦理、心理等珠玉,出落得高深、富丽,得一小众人自愿或被迫认同。在"狂欢"后,一些作者便开始傲睨自若,矜功恃宠,丢了自知:文本成熟、老练,但已无早先的生机。褪去写作纷繁的肌理,靠近本心的书写是真诚而轻盈的,但这份"轻"自有它的力量。

我们要望到时间的远方。

期待本套书中的作者在未来有新的蜕变,在文本上能做出更深层次的探索,不断为华语世界带来佳作,也让更多读者找到一个创作者感受世界、领悟生命的普通路径,并因而爱上写作。

写作终究是私人的远途，不管他人喝不喝彩，所行每一步皆是生命真真切切有过的痕迹。时间浪潮涤荡向前，激起的每一片水花都有你我对个体生命经验与世界关联的体悟，包含怀疑、抗争、渴盼与理想等，每个人都在以自己特殊的方式理解它们、书写它们。

　　发表、得奖不是目的，为了新的启程，去开创一个更为独特、充满生命力的文本世界，才是创意写作的一种精神指引。

　　希望本套书能超越实用本身，让写作之美进入每位读者的精神领地。

潘云贵

目录

胡姚雨的写作课
/
049

王君心的写作课
/
071

吴文星的写作课
/
039

萧信维的写作课
/
025

潘云贵的写作课
/
001

黄厚斌的写作课
/
103

方嘉英的写作课
/
121

辜妤洁的写作课
/
147

李嘉茵的写作课
/
169

李司平的写作课
/
195

潘云贵的写作课

- 写作理念
- 写作现场
- 授课
- 课后自习小站

文学冠军简介：潘云贵，笔名云鲸航，"90后"作家，大学讲师，台湾中山大学文学博士。曾获第四十二届中国时报文学奖、第二十二届台北文学奖首奖、第二十二届冰心儿童文学新作奖大奖、首届新蕾青春文学新星选拔赛全国总冠军、第七届全国大学生野草文学奖一等奖、《人民文学》第四届全国高校文学征文一等奖、第十七届全国新概念作文大赛一等奖、第四十四届香港青年文学奖亚军、第五届扬子江年度青年散文诗人奖等奖项。出版《人生海海，素履之往》《白马少年，衣襟带花》《烟火温柔，人间雪白》等十余部图书。多篇文章被选为全国各地中学语文考试现代文阅读试题，作品《脸》入围《北京文学》2020年中国当代文学最新作品排行榜。

 写作理念

生如候鸟，用文字降落

少年时写作，纯粹是为青春期无法排解的情绪寻找一个出口。现在，自己要成为一个作家的理想更加强烈，尽量用文本去记录、思考人在复杂语境下的来与去、孤独与失落、困境与悲哀、价值与意义，而不再简单呈现个体的情绪或现世明艳的表象。我一直觉得生活原本就是一本水上书，每个人伴随着时间展开这本书的篇幅，里面写满生老病死、人间悲欢。如果你不去记录、不去在乎，那些往事像夏日不尽的蝉鸣，逐渐在激荡的水花中消失了。我能做的就是边读着一本厚重的书边自省，再用文字让它们变得稍微丰富一些，除轮廓外还能留有能辨识出的面目，唤起更多人注目。我们生如候鸟，往来奔波于天空，但还是可以选择以喜欢的方式停留在树梢，或是降落到地面，真实地面对这个世界。

写作现场一

火车飞起来了

陈家骆有次问我:"你觉得火车会飞起来吗?"

他问这个问题的时候,我们正趴在宿舍天台上看停在小站上的火车,像玩具一样一动不动。

很多人都羡慕我们学校就在铁轨旁边,可以每天看见无数火车经过。这些火车开往全国各地,好像坐上去就可以一夜之间到达另外一个世界。具体是什么感觉,我和陈家骆并不知道。因为小站太小,一般火车都会急速驶过,只有遇到特殊情况时才在这里停下。

"不是想看看火车会不会飞起来吗?爬上去就知道啦!"我见逮着了机会,就兴奋地催着陈家骆往楼下跑。

铁路沿线一般都会建起围墙和铁栅栏,要想进去也不容易。但因为镇上的小站太小,几乎被人忽略,角落里的铁栅栏都被风和雨腐蚀了,一点儿都不牢固。我看见有人把栅栏锯开钻了进去,他们偷偷爬上火车,离开贫穷的小镇去了很远的地方。

"你确定前面能进去吗?"陈家骆狐疑地看着我,心里有些害怕,"如果被抓到了,会不会被学校处分?"

"放心吧,好多人都从那里钻进去过,没事的。"我拍了拍胸膛。

其实我心里也没底,这是我第一次钻进小站,感觉像个贼。但很顺利,没有人发现我们。只是我看到陈家骆的腿有点儿抖,他一直都是个不勇敢的胖子。

2009年9月,我在新桥镇铁路旁边的胜利中学念初一。

因为学校里的学生基本都来自周边山村,距离比较远,学校采取封闭式管理,要求学生全部寄宿。早些年,镇上最高的建筑就是胜利中学里由政府拨款建的八层高的教学楼和宿舍楼。但后来跑来一批开发商在学校周边盖起二十层的高楼。胜利中学俨然成了一座低矮的围城,采光好的只剩下面朝铁路的这一面。

我刚进来时就和陈家骆认识了,他和我同班,与我同桌,又跟我住一个寝室。管我们的是个年轻女老师,据说是从沿海那边毕业的大学生,她烫着时髦的长卷发,眼睛大,又有神,杀伤力十足,说话带着一股很重的虾油味,每回课上给我们念课文的时候,我们都仿佛置身海上,有海风吹来,有海鸥叫着,整个胜利中学好像在大海上漂着。她的名字叫"齐琪琪",开学第一天她介绍自己的时候,全班其他人都笑了,只有我和陈家骆没笑。

因为村子离学校太远,开学第一天我迟到了。进教室时,同学们都已经笔直地坐在座位上,手边摆着新书,正听着"虾油齐"交代事情。我顶着众人齐刷刷的目光走到教室最后面的空位上,刚想坐下,"虾油齐"就让我站到卫生角,遭受同样待遇的人还有陈家骆。他穿着一件破洞的灰色短袖,肚子鼓鼓的,像装了个球一样,傻傻地站着。我见到他想到的第一件事是他是怎么小升初到胜利中学的。他对我笑着,我也对他笑着。我们站了四十分钟,但感觉像站了很久很久,教室走廊上有其他班的学生捧着书来来往往,他们透过玻璃窗看着瘦瘦的我和胖胖的陈家骆,我们像两件物品,在他们止不住的笑声里展览着。我们是"虾油齐"上任第一天建立威信的牺牲品。

上了初中，每天都在做噩梦。吃也吃不好，睡也睡不好，还得面对"虾油齐"那张冷冷的脸。有时我和陈家骆起晚了，踩线跑到教室都要被她撵出来，她经常说的一句是："你们到底有没有羞耻心啊，下次再这样就叫家长来！"

我在村里读小学时，成绩都在年级前十，所以家里人对我的期望很大。也不知道我妈从哪里知道我的同桌是个成绩不太好的小胖子，有次专门打电话到宿管那儿找我谈话，她不愿意让我跟陈家骆这样的差学生坐一起，要我找齐老师商量换位置。她总是在电话里说："你还想不想考高中考大学了，还想不想走出这个鬼地方了！别忘记啊！"

"别忘记啊！"像长在我的耳朵上，但我始终都没有和"虾油齐"说换座位的事情。或许是因为经常和陈家骆罚站的缘故，都罚出感情来了，我并不想让其他人坐到我旁边。

即便常常迟到或者作业没及时完成，我每回单元考成绩都还在班级前列，"虾油齐"不免对我改观，有时还好心地找我谈话，让我戒掉坏习惯，做个传统的好学生。而陈家骆成绩真的很烂，只要倒数第一名没来考试，他就毫无悬念地摘取倒数第一的"桂冠"。食堂伙食并不好，他却越来越胖。基于此，他不仅是"虾油齐"的出气筒，还是全班嘲弄的对象。

为了帮助陈家骆提高成绩，我采取了很多措施：督导他做数学题，背英语课文。但费了老半天劲都教不会他。我是个聪明的孩子，所以我决定用最直接的方式使他取得好成绩——帮他作弊。考试的时候，陈家骆就坐我后面，我特地把卷子摊得大大的，还把身子侧到一边，让他得到最好的偷抄角度。但他胆儿小，都不敢把头抬起来，我暗地里叫了他几次，他才稍微动了动自己已经胖得和头部连成一体的脖子看过来，脸红得像个要爆炸的气球。讲台上有老师咳了一声，陈家骆以为是针对他，慌了，笔掉到地上。

初二那年，教育局为了整合资源、方便管理，出台政策，让附近人少的中学合并到胜利中学。原本拥有良好生源的胜利中学顿时变成鱼龙混杂之地。我们班进来一些新同学，不管男生女生，他们的头发都很长，校徽总是歪歪地别在校服上，而校服呢，总是穿不整齐。

新同学到来后，班上经常有人丢东西，大家心知肚明，都不愿深究，但也有一两个同学丢了东西当场就叫起来。有一次是在"虾油齐"的语文课上，一个女同学发现自己放在包里的巧克力不见了，当场就哭了。

"虾油齐"正想用她的朗读带领我们进行航海旅行时，被哭声打断。她气呼呼地盘问学生，全班鸦雀无声。

她继而又对出事的女同学安慰道："别哭了，放学后我买一盒给你。"

"老师，那是我爸从西班牙捎回来的！"女同学哭得更大声了。

"虾油齐"这时也不提买巧克力的事了，只骂着偷东西的学生黑心肠。全班学生依旧低着头。

"陈家骆，是不是你？""虾油齐"的目光狠狠地射过来。

"老师，不……不是我。"陈家骆紧张得犯口吃。

"虾油齐"立即冲过来，我们都忽略了她竟然是穿着高跟鞋跑过来的。她拿起教鞭敲着我俩的课桌，厉声道："陈家骆，你快说，到底是不是你！"

陈家骆不知看了谁一眼，本想说的话又咽了回去，没有回答。"虾油齐"被气得说不出话。

没有一个同学敢出声。

"虾油齐"的怒火烧了出来，直接伸手把陈家骆的包拽了出来，破烂的帆布包经不住"虾油齐"用力，扣子掉了，书本、碳素笔落了一地，就是没有那盒西班牙的巧克力。

陈家骆埋头哭了起来。

"虾油齐"这下脸红了，清了清嗓子，说："好了，没事了。"并对那个女同学说道："你再好好想想到底有没有把东西带到班级来。下课后到我办公室。"

"老师！"我喊住正想往教室前面走的"虾油齐"。

"怎么了？"她回过头问。

"您是不是要捡一下这些弄掉的东西？"我稍微大声问道。

"不要以为你成绩好就可以这样和老师说话！你们俩都给我出去！""虾油齐"对我和陈家骆吼道。

随即我拉起陈家骆跑了出去。

事后陈家骆告诉我，他看见巧克力是一个新来的男同学偷的，但他不敢把真相说出来，害怕被那个男同学报复。他说他在胜利中学待得很难受，他说自己真想离开这里。

被"虾油齐"轰出教室后，我们爬到宿舍天台上眺望远方，像孤儿一样寻找着家的方向。

不远处一列列火车呼啸着闯入我们的视线，又迅速离开。它们一节一节的，长长的，在铁轨上扭摆着，像蜈蚣，又像蛇。等开到远处山洞的时候，"嗖嗖"钻进去，消失了。

"一定是飞起来了！"陈家骆兴奋地叫道。

"它这么重，怎么飞起来？"我问他。

"它有翅膀的，我见过！"陈家骆很认真地看着我，说得像真的一样。

"在哪里看见的？它这么重，真能飞起来的话，那你一定也可以，哈哈……"

陈家骆见我笑他，就没有往下说。表情变得有些失落，好像原本坚信的东西被人质疑后，自己的心也开始动摇。但他很快又恢复到原来的样子，坚定地看着我，说："火车会飞的！"

我很少见到这样的陈家骆，跟平常的他那么不一样。

为了证明火车到了山洞是如何消失的，到底有没有长上翅膀飞走，也为了能够坐一回火车，把自己放逐到胜利中学之外的世界，一有时间我就跟陈家骆趴在天台上观察情况，看看有没有中途停下的火车。如果有，我们就要爬上去瞧瞧。

因为学校就在小站旁，所以从宿舍出来，溜出后门，钻过栅栏，来到铁轨边，时间加起来不超过八分钟，当然这是针对我来说。如果带上腿粗得跟柱子似的陈家骆的话，那时间就得在十三分钟以上。所以往往当我们到达时，火车已经开走了。但无论如何，陈家骆都是我兄弟，所以即使他胖得跑不动了，我也要把他背过来一起上火车，让他看看到了山洞后火车是怎样飞起来的。

这次挺走运的，火车没跑。可能是因为天气、路况等原因，火车在路上耽搁久了，等它开到这里时已经没有充足的水和食物。我们躲在草丛里看见工作人员正在搬运方便面和饮用水，有几节车厢的车门正好开着。之前我跟陈家骆说过，如果车门没开的话，我们就爬到车顶，但现在显然不用那样冒险了。待工作人员转身又向小站走去的时候，我就和陈家骆找了最近的车门钻了进去。

太幸运了，竟然真没人检票，只有一些中年男人在吸烟。过了几秒，工作人员搬着一箱一箱的食品上来，"咣当"一下关了车门，火车跑起来了。

我们第一次坐火车，兴奋极了，在车上又蹦又跳，广播里放着信乐团的《海阔天空》，我们也跟着大声唱起来。车上有打牌的农民工，有抱小孩的妇女，有一直趴着睡的年轻人，还有来回推着食品车的服务员。喧嚣中，他们都沉浸在自己的世界里，没有人注意到我们是中途偷偷上车的。但通向山洞的轨道远比我们在天台上看到的长，过了七八分钟还没到。我们又紧张又激动地等待着。

"到了山洞后,是不是真的会飞起来?洞里究竟是什么样的,连接着天空、宇宙吗?"我竟然也如此天真地问起陈家骆。

他透过车窗望着外面的世界,点了点头,说:"我看见过的。"

火车"呼啦呼啦"疾驰着,两边的风景长腿似的往后跑着,铁路沿线长满青翠繁茂的草木,有些枝丫上还开着黄色、红色的小花。一些云雾环绕着远处的高山,像很轻很薄的围巾。依稀也能见到低处的一些村落,破旧积木似的搭在河谷里。因为困在胜利中学太久了,我们都差点儿忘了除学校以外的其他地方。耳边回荡着火车与铁轨摩擦的声音,一切都是新奇的,我和陈家骆继续蹦跳、唱歌。世界美如诗。

或许是我们高兴得太早,悲伤就找上门了。很快有很称职的工作人员过来查票了。我们试图躲进厕所里,但厕所里已经有人在蹲位。我们又试图向前面的车厢跑去,但那边也来了一队查票的。我和陈家骆别无选择,只好待在原地。

"车票、身份证都拿出来!"一个穿着制服、有着铁青腮帮的大叔嚷嚷着。

我和陈家骆摇摇头,没作声。

"好啊,竟敢逃票!小小年纪不学好!"大叔把声音调到最大,似乎想让全车厢的人都听到。随即一队人都围过来,"从哪儿上来的?"另一个人问道,并拿出补票的机子看着我们。

"新桥镇,但我们……没有钱。"我小声地回答,陈家骆则躲在我后面,头埋得很低。

随后,火车终于进山洞了,我们却被关进一个很小的办公室。我们使劲拍打着车门,但没有一个人理我们。最后我们绝望了,脸贴着墙壁,车厢剧烈震动着,耳朵这时好像被什么堵住了,出不来气。

"一定是到洞里了,所以火车飞起来了!"陈家骆激动地叫道。

我却沮丧地说:"现在什么都看不到,飞起来有啥用!火车究竟要带我们去哪儿?"

陈家骆一点儿都不悲伤,笑着对我说:"只要不回去,去哪儿都可以。"

我沉默了,像个永远不知道自己明天会在哪儿的乞丐。

其实不必为这个问题焦虑,火车上的工作人员当然不会让我们搭"霸王车",到了下一站,他们就把我们赶下了火车。

我和陈家骆开始沿着铁轨回去。他好像有点儿不情愿,一路上都走得好慢。归途变得好长好长。没有人知道,此刻的我们正像两个流浪的孤儿走在时间的钟面上,不断跟随着时针、分针、秒针旋转。学校领导不知道,"虾油齐"不知道,班上同学不知道,远在小山村的父母不知道,好像没人会想起我们。

过了两个小时,我们走到洞口,陈家骆突然停下脚步。我推了推他,然后进去了。

白天一下子被关上,瞳孔里都是黑暗。我们似乎走进了一个通往夜空和宇宙的隧道。但是星辰在哪里?月球在哪里?我们没有飘浮起来,肉身还是那么重,路途越来越漫长,距离开始用光年计算。

"陈家骆,你骗人,什么能飞起来都是假话,这就是一个山洞,除了黑暗什么都没有!"我在铁轨上跳了几下,朝着陈家骆生气地说道。

他好像也被自己骗到一样,低着头走路,然后感觉视野里有个光点越来越大,一阵剧烈的声响击打耳鼓。他对我喊:"快从铁轨上下来,后面有……有火车!"

"哎哟!"突然我被什么给绊住了,倒在铁轨上,疼得直叫,起不来了。

"笨蛋!"陈家骆跑过来将我抓起,一起滚到铁轨外。

火车奔过来,炽热的亮光灼伤洞中的黑暗,我们分秒不差,躲过了迎面而来的死神。

"气死我了!"我对着疾驰而去的火车吼道,然后又朝着陈家骆喊道,"都是你要看什么火车飞起来,笨蛋才相信你的话,陈胖子,你是个骗子!"

我站起来,拍拍身上的灰尘,不但没感谢陈家骆难得勇敢一回救了自己,反而责怪起他,继而一个人向前方跑去,不理他。

陈家骆失落地走在后头。感觉天变冷了,出了洞口,荫翳的天空似乎要下雨了。

好像走了半辈子路,我们才回到出发的地方。我钻出栅栏,看见陈家骆没跟出来,他停在栅栏的另一边,默默看着我,眼睛红了,但却努力不让泪水掉下来,他说:"是,我骗了你,我其实就是想离开学校到山洞那边的世界去。这里只属于你们这样成绩好的学生,而我……永远被人看不起。火车根本飞不起来,因为它像我一样沉重笨拙。我和你,是不同世界的人!"陈家骆在最后一句上用了很大力气,似乎是用身体吼出来的。

从此我和陈家骆的中间永远隔着一个栅栏,谁也没有翻过。

沉闷时,我开始独自站在宿舍天台上看着远方,那里究竟属于谁?身边不再有人和我说话。我俯瞰着没有火车途经时的铁轨,它像极了一条死去的河流,静止在时间之上,冷冰冰的。那个破旧的栅栏,永远像一些人身上的疮口。

初三那年,学校根据学生成绩重新分班,我不再和陈家骆坐在一起。那一年,"虾油齐"也消失了。她的家人从沿海跑到镇上找到她,把她劝回了家。

一个多月后,我们在中考后迎来了初中的结尾,陈家骆似乎也退出了我的世界。

我最后一次见到他，就是在那天挤满学生的走廊上，他的背影像骆驼一样消失在人潮中。渐渐地，他曾在我的世界出没过的痕迹被时间越拉越瘦，瘦成一条细线，再缩小成一个点，丢在我的脑海中，激起轻微而模糊的涟漪。只是偶尔回家时碰见以前的同学不经意间提到了"陈家骆"这个越发陌生的名字。听人说他中考的分数不到两百分，很烂的专科都上不了，所以跟着他舅去沿海打工了。也有人说他中考后在县里一家酒店当服务员，与顾客发生争执后，不知哪来的胆儿，冲动之下伤了人家，然后被公安局的人抓了。当然还有其他版本，真实与否，谁也没去考究。

和大部分同学一样，我能记住的无非也是他曾与我同桌，学习很差，经常被老师和同学嘲笑，是个喜欢哭的胖子。但我还能记起的是他其实并不胆小，他也有梦想。

有一天在高中寝室里午睡，窗外天空突然暗下，紧接着一场大雨瓢泼而下，世界浸泡在一阵淅淅沥沥的雨声里。我的耳畔却传来一阵汽鸣声，一列火车从铁轨的这头驶来，向通往隧道的那头开去。

我看见陈家骆在我身旁，我们都是从前的样子，我瘦瘦的，他胖胖的，但我们都跑得像风一样，一起追着火车进了山洞。然后神奇的事情发生了，黑暗的隧道竟然真的是一个无限庞大的宇宙，银河在发光，星辰在闪，轨道不见了，火车两边长出了翅膀，它飞起来了，像龙一样扭动着，在宇宙里自由游走。我们都在空中移动，像行星一样。

"看吧，火车是不是飞起来了，我没有骗你吧？"梦的最后是陈家骆在和我说话，他笑得很灿烂，整张脸就像一个小小的太阳，"我之前看到的也是这样的场景，不过都是在梦里。这次能跟你一起看见，好开心！"

陈家骆，你现在还会做这个梦吗？

授课一

让人物互为镜面，走向反差结局

这篇作品从自己的读书经历中取材，直面应试教育下学生之间复杂的内心世界，让人在看到"好学生"和"坏学生"的命运差别后不禁唏嘘，从而进行反思。小说当中的两个男孩，其实互为镜面。他们各自都对这世界有美好的理想，其中一个男孩陈家骆却因在学校受到齐老师不公的对待而就此改变了自己生命的路径。

小说通过在现实中加入魔幻想象的手法，让孩童纯真的内心跃然纸上，于是会飞的火车载着他们的理想和未来飞驰在宇宙之中，但这却永远定格在孩子们的童年里。这与小说结尾男孩长大后的处境产生对比，制造出一种无奈悲凉的气息。读完让人感到内心隐隐的痛与空落。

小说也采用了象征的手法，贯彻整个小说的"火车"其实就是美好时光的隐喻。少年啊，青春啊，就像飞驰远去的火车一样，开走了，就再也没有了。所以大家日常在写作时，一定要找好一个特别的"意象"去承载人物的性格及命运的路径，让小说有回味的可能。

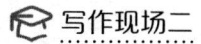 写作现场二

衰老是列将到站的火车

一

衰老是什么感觉?

有天,当你看见本应光滑细腻的皮肤一点点变成不新鲜的果皮,在空气里逐渐霉掉、干瘪,如同失水的土壤,显露出深邃而皲裂的纹路,你会不会再去测算未来的自己所能获得的一切?

有天,当你发现镜子里的面庞逐渐模糊、陌生,瞳孔已经没有光,眼角像被刀刻一般条纹清晰,你想说些话,喊些什么,但牙齿已经摇摇欲坠,你会流泪,还是连流泪的力气都没有了?

骨头逐渐酥脆,在阴雨寒气时节疼痛,针刺一般,那样的境遇里,身边好多年长的亲人已经离开,变成生活里一种透明的存在。你呢,有了子嗣,他们都已长大,却无暇回来看你,如你年轻时那般无暇回家看望父母。

那些老人被时间推向了一个很深的峡谷,幽暗、禁闭、无人注意。他们遍布全身的褶皱犹如丛生的藤蔓,在低处紧紧缠住峡谷岩石向上攀缘,未到半途,却松了手。

那些缓慢伸长的藤蔓枯萎了,那些不愿被时间左右的信念崩塌了,

他们离开了。

谈起衰老,二十岁出头的我似乎并没有资格,因为我正经历着青春,有新鲜的血液、充沛的精力和长远的未来。但是,我的身边有人正老去,有人已消失。我无法被豢养在青春的颂词里而忽略那些阳光下佝偻的身影。他们走过我们正走着的路途,他们有过我们正拥有的年岁,虽是昨天、过去、曾经、从前,但我看见此刻的他们,仿佛是见着未来的自己。

在某个路口独自徘徊,在寒风吹过的街道蹲坐,在高高的城市阳台上眺望黄昏里的鸟群,在教堂的钟声里沉默不语,在光秃的枝干下休憩,在废旧的老屋里看别人家中的烁烁灯火,在家门口看儿孙挥手告别后的背影,一道道被岁月拉得越来越细,最终变成一根针尖扎进心内。

那时的我们,会很疼吧?

二

有一次去一家敬老院做义工。

院子建在山上,近旁有泉流淌过,草木繁茂幽深,常见一些老人坐在苍翠古榕下闲敲棋子或是掷桥牌。他们面颊松软,呈焦褐色或者苍白状,喉咙里像被装了一张生满铁锈的网,所有经过的声音都变得沙哑而含糊。岁月流经他们的身上,确实如旧衣一样皱了。

院长是个中年女人,眼窝四周有黄褐斑,两鬓有一些白发,或许在同龄女性中她并无多少优越感,但在这些老人面前,她算是年轻的了。"还有一些老人不喜欢在外面,他们只是躲在房间里发呆、睡觉,或者做其他事情,每个房间都有一个按钮,一旦他们有需求就会呼叫我们。因为院里人手不够,所以我先回去看看有没有什么情况,你们不用做太多事,可以的话,陪这些老人说说话就好,或者微笑着多看他们一眼。"她言语不多,带我们熟悉了院中的环境后,自己就向办公室走去了。

幼年时的自己其实对老人并无好感,觉得他们脾气古怪,有我们无法理解的想法,常板着脸,存留着旧式中国家庭的气息。我和我的祖父母之间就有着这样一条无法逾越的代际鸿沟,如同彼此都站在无限开阔的河流两岸,在以血缘为纽带的目光里相互对望,各自的心却连接不到一块儿。我常常走到他们身边,鼻子里萦绕的是一种梅雨天屋子里潮湿的气味,待一会儿后就跑到屋子外玩。他们老了,就像果实一样要坏了。

随着自己慢慢成长,知晓一些事理后对他们的看法才逐渐改观。这些老人在新旧时代衔接的过程里没有得到自我身份的认同,他们的心还随着先前的社会动荡流浪,时间对于他们更是残忍,没有一刻停息地碾压他们,剩下越来越孤僻的脾气,越来越坏的骨头。当我意识到这些时,祖父母已经过世。

岁月是一封写满遗憾的信,阳光下堆着忧伤的尘。

孤僻的老人如同幽闭的箱子,带着自己的故事安静地沉浸在黑暗里。在楼道和走廊上清扫的间隙,我跑去看了看那些房门紧闭的屋子,透过一些没有关好的窗户,隐约间能看到这些孤独的老人,他们大部分人留给我的都是一个背影,站在角落里,坐在藤椅上,卧在床边,陈旧、肃穆,却又有所企盼,但终究还是灰暗下去,和夜色一道关上了白天。

"你以后会把父母放在这里吗?"

"不会,我觉得他们在这里真的太孤独了,像一件被人抛弃的旧衣服。"

在旁边清扫的友伴们窃窃私语,声音很小,但还是如同高处的一颗果子砸进了无数人的心里。

院前的大树被傍晚的风吹得四处招摇,蝉声渐渐小了,隐没于树叶间。那些老人暗自流泪,无人可知。

我循着近旁的细水声,看到了山崖边淌下的一股泉流,晶莹的水花,在树梢投射下的黄晕里迸溅出金色来,一束一束。我多想它们能够突然停住,这样,一些老人也会多留在这世间一会儿。

三

人的情感,是否会因为时间的浸泡或者生活中机械的重复而稀释淡化?

好像读一本写满了感动、同情、怜悯的书籍,在不断翻阅后,眼睛疲惫了,心也麻木了,连再翻一页过去的力气也没有,世界上很多温暖的片段就这样止住,我们越来越冷酷。

我已经好久不去看那些蹲在路边或者跪在街上乞讨的人了,总觉得他们是在贩卖自己的可怜来博取物质上的享受,一个一个心酸的故事,一次一次重复的欺骗,反复经历这些伎俩之后,每个人都会学着聪明。

印象深刻的是十五岁那年,路过天桥,一个姐姐模样的女孩叫住了我,她穿着米白色的裤子,上衣是一件粉色的运动衫,身后背着一个书包,梳着马尾辫,眼睛很大,长得很好看。她说:"弟弟,可以给我两块钱吗?我想坐公交车去火车站,就差两块钱。"说完对我微笑着,风一般轻轻吹到我脸上,我顿时红了脸,赶紧从兜里掏出两个硬币给她,一丝犹豫也没有,放到她的手上。她又是一笑,说了声谢谢。

这一切仿佛都是真的。

但当自己向着远处还未走几步时,耳畔又传来"可以给我两块钱吗?我想坐公交车去火车站,就差两块钱"。回过头,依旧是那女孩在说话,只是对象已经从我换成了一个青年男子。

受骗的感觉如同心里住进了一个冬天,人的情感往往便这般被冻住,坚固如铁。

十五岁的我默默离开了那座天桥。

过了好长一段时间,也逐渐习惯了身边的表演。在公园中、地铁里、学校门口、汽车站、街衢中,哑巴、失明、断臂、贫穷、绝症……一样的台词、一样的动作、一样的表情、一样的眼神,重复,不断机械地重复,让我在行走中直接把他们的身影过滤掉。但心却塌陷在去年冬天北京某个地下通道里,我的眼睛无法将那样一种场景刷成透明。

那是我无法忘记的一对老人,他们坐在过道的中间,蓬头垢面,穿着破旧的灰褐色棉大衣,年老无助,靠着彼此相偎。老大爷双目失明,拉着音色悲怆、时断时续的二胡,其老伴儿靠在他身边,神色凄苦。我从大雪中走到地下过道里,如果按照日常经验,我会觉得他们一定是被某个黑心的乞讨集团所控制,配合着演戏,但当我边走边拍着身上雪花的时候,看见他们,脚步瞬间停住。

瞳孔里,老妪从袋子里摸出一块糕点,她慢慢剥开包装袋,然后又慢慢放到自己男人的嘴边,一只手拿着,一只手托着,那些从大爷翕动着的嘴中掉下的糕点碎屑,纷纷落到那只苍老、满布褶皱却努力向上支撑的手中。我的心在那一刻柔软了,迅速跑上前去,从兜里找出五块钱的纸币放到他们面前的罐子里。

我相信对于那个细微的动作，再好的演员也无法掌握。它是虚假城市里少有的真实，能够穿过所有森严的戒备而进入内心。

大雪弥漫的城市因为地下通道里的那对老人而有了暖光，它可以冲破寒冷的岁月、坚硬的水泥地、贫穷的生活而绽放出人间的花朵，那是苍老生命中不悔的依恋，是执子之手、与子偕老最好的诠释。

被子嗣与生活抛弃的老人，蜷缩在世界的角落里。面对他们，我们的心是不是可以再柔软点儿？

雪是冰冷的，但跳动的心终究是热的。

四

衰老的节奏是什么样的？

如同寸草经过春夏的萌发旺盛到秋冬的枯萎死寂，如同花枝由含苞待放到芳华吐露再到百花凋敝，如同雏鸟出壳翱翔天宇到最后消失于地平线某次收起的白光里，黑夜降临。

又似乎是母亲眼角越来越深的皱纹，嘴边越说越多的絮语；是父亲越来越听不清的耳朵，越来越无法沟通的内心；是他们日渐呆傻的神情，越发木讷的模样。

像一扇脱漆的门，越来越紧闭，我们站在门外，年老的他们站在门内，世界被隔成两个部分。

我们在光里，他们在无边又失落的黑暗里。

夜色中，火车在原野上前行着，我静静躺在下铺，对面一个中年女人在和一对老人攀谈。

老人们都已年过花甲，或许还过了古稀，身体逐渐被时间抽空，剩下越来越薄的身板和极易发出声响的骨架。中年女人和他们彼此对望、说话。

"大哥，你们夫妻俩岁数这么大了怎么还坐火车啊？"

"去看我姐，路也不算远，就盘算着坐火车了，身体不行了啊，所以就叫闺女订了卧铺。"

"女儿没陪着吗？"

"她工作忙，心情也不好，前些天还跟她老公闹别扭，说要离婚。我俩想了想，也就没让她陪着来。"

"现在的年轻人都太不把感情当回事了，我们都老成这样了，也不叫人省心。那大哥，你们俩现在是见了大姐回来了吗？"

"是啊，走的时候，我姐流着泪送我们出的门，前两年倒没见着她哭……"

"唉……"

"唉……"

我知道，对于这些，或许我只是个局外人，无法清楚揣测到老人说出每一句话时的复杂心境，但末尾那轻微的叹息却盖过了火车与铁轨摩擦出的"咣当"声，落到我的耳膜里，阵痛。

我想起父亲。

上大学那会儿，我第一次离开南方去北方，父亲不放心自己的小儿子，强烈要求陪我去。我以他年龄过大、行动不便又听不懂北方语音为由拒绝了他，他坐在自己房中生了一夜的闷气，天亮后叫来大我六岁的姐姐，要她替自己送我去北方。我这下同意了。

在临别的车站，作为农民的父亲口拙，没说太多话，只是交代我们要看管好行李。等火车即将开动的时候，他向我和姐姐所在的车窗跑了过来，却被工作人员拦下。隔着厚厚的玻璃窗，我看到年老的他又在重复那个示意我们要看紧行李的动作。

我点了点头，心里的眼泪却早已流了下来。

危地马拉诗人阿斯图里亚斯说："种子用秘密的钥匙把坟墓打开，我的父母永远活在风、雨和飞鸟的心中。"

五

时间把身体里的水分连同大脑里所铭记的故事带走，我们沦为一片无限起伏的焦褐色的地表，挖开一部分，都将看到深深浅浅的沟壑。

很多伤痛会像铅块一样填进我们越发薄弱的皮囊里，成为闭口不谈的谶语。

衰老的节奏，如同将到站的火车，逐渐放慢速度，一点儿一点儿近乎停止，直至最后到达终点，再也不动了。

时间终有一天会变成一个巨大的筛子，把我们老去残破的身体一点儿一点儿筛掉，粉尘般飘落到这个世界可见或不可见的角落里，习惯孤独、沉默和透明，变得与周围的每寸空气一样。而那些放不下的、眷恋的、回头已经看不见的昨天，都已不再重要。

拥有主宰者身份的我们终究会与消逝的万物一样，走向一条通往大地的路。

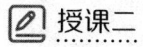 授课二

用感官描写让抽象世界可观可闻

  这篇作品的灵感来自我日常对人身上气味的感知,以及行走中的所见所闻。这个世界上永远有年轻人,但没有人会永远年轻,我们总是太关注"年轻"的肉身,却很少将目光聚焦到"老去的人"身上。他们的生命状态,他们的生活境遇,都被年轻的人规避着、忽视着。其实不妨去了解老人,这是认识未来自我的一种方式,也是我们在写作中理解生命的一种书写角度。

  这篇文章采用漫谈的手法,由"认识衰老"这根线串起"去敬老院当义工""遇见路边乞讨的老夫妻""在火车上听到老人述说""想起父亲跟自己相处的片段"四个事件,夹叙夹议。动用感官去理解,主要用"要过期的果实"和"将到站时速度变慢的火车"等意象来写老人的状态,使得原本抽象的议题变得"可闻""可观",避免空洞的说辞。这也是重要的写作经验之一。

课后自习小站

1. 生活本身就是创作者最好的素材汲取地。日常有心,可以随身准备一个本子,外出时,将路上有趣的部分记录下来,比如看到了什么很特别的地名、广告文案、物件、人与人之间相处的细节等,都可以记录下来。它们都有可能成为你创作的灵感,让你写出更真实、动人的作品。

2. 不要一直坐着写作,有时候要跑起来,最好像日本作家村上春树那样坚持每天跑步。通过运动,不仅可以提升自己的体能,而且也能放空自己,疏通内心,很多思考不清楚的部分或许就在一趟慢跑中想明白了。长久下来,你会变成一个既健康又开心的写作者。

3. 许多创作者想突破自身有限的生活经验,去书写另外一个世界或别样生活的故事,这时候会去查询、翻阅相关文本资料,在这里想给大家一个建议:有时间可以多观看纪录片,它们较为客观、真实地展现我们忽视或欠缺的经验,使得我们在创作时文本也能新鲜生动、感染他人。在这里推荐几部个人喜欢的关于自然、饮食的纪录片:罗恩·弗里克导演的《天地玄黄》,BBC的纪录片《宇宙的奇迹》《地球脉动》,詹姆斯·霍尼伯内导演的《蓝色星球2》,央视的美食纪录片《舌尖上的中国》系列。

萧信维的写作课

- 写作理念
- 写作现场
- 授课
- 课后自习小站

文学冠军简介：萧信维，1997年生，青年作家，台北教育大学语文创作学系硕士。曾获第四十四届台北文学年金奖、2017年台湾教育部门文艺创作奖小说首奖、第三十五届台湾大学院校中兴湖文学奖散文首奖、第三十三届全球华文学生文学奖小说首奖、第十二届台积电青年学生文学奖等奖项。

 写作理念

故事是零散生活的集合

　　昏黄的地下通道里有人在说故事，面前摆放了一个小小却幽深的纸箱，里面没有钱，也没有要人打赏的明示或暗示。如果有人看他可怜想投点儿钱，他会叫他们停下。"靠近一点儿吧，靠近一点儿。听我说我的故事，或者，听你说你的。"他总是遇到各式各样的人，有的人急于吸吮他胀满的故事，也有许多人急于置放自己在这窄仄的地下通道里，几乎把人生完完整整地交给他。

　　头顶是川流的街道，偶尔几声的喇叭，红灯，停下，催促的油门。

　　故事说到哪里他也不介意，反正人都是来了又走，故事不需要有开头或结尾，偶尔颠三倒四，偶尔吉光片羽。大家在城市的步调都是匆促，只有他，悠缓得像一条在地下道潜伏的鱼类，偶尔摆动尾鳍，偶尔醒来，醒来的时候用一个个明亮干净的泡泡把路人包裹进他的故事里，有些人会在这里得以安放，有些人仍然想走，对想走的人，他会告诉他们看一眼这个箱子吧，把箱子凑到孤寂的眼球前。夜晚城市安静的时候，他收起他的坐垫与那箱子。箱子在他的怀抱里发出零落的声音。

 写作现场

水族

老头儿在她们进店的瞬间就注意到她们了,他的水族馆里很久没有这样热闹鲜活的笑声了。其中一个女孩一进门,她的粉红高跟鞋便在灰色粗糙的磨石子地砖上敲出了一声轻响。老头儿惊了一下,仿佛室内沉郁湿闷的空气都被那粉红高跟鞋踩了下去。

老头儿赶紧从他黑色破了皮的办公椅上起身,原本放在桌边的报纸和老花眼镜因为他过大的动作掉到了地上。那两个女孩也被吓了一跳,描绘得精致的眉毛耸了耸,她们又笑了笑,转过头看起他水缸里的鱼。

他有些不好意思,匆忙捡起报纸与眼镜,站起来整整衣衫,开始后悔今天出门时没有选那件去参加婚礼或同学会时才穿的蓝白半袖,也没有选他之前相亲时爸妈帮他买的那件宽大的红黑格子长衫,而是随随便便地套了一件土绿色的汗衫,反复洗涤后的领口像荷叶一样松垮,衣衫在肚腹隆起的地方还有块浅浅的、散乱的污渍,都是他忙活时不注意落下的。

他暗骂起自己糟糕的生活习惯,一抬头又看到中午吃完到现在还没处理掉的便当盒,赶紧把报纸换个位置遮住油腻的饭盒。夏日里温度高,仅有三小时也足够细菌分解、消化,令老头儿吃剩的鸡骨头、菜汁、油渣漫散出一股无法清晰描述的气味。混着水族馆里与生俱来的鱼

腥味、饲料味、鱼屎味,还有自来水静置时浅浅逸出的氯的味道。老头儿深深地吸了一口气。不对,这味道不对。夏日的下午,他的水族馆多了一股洋溢着的青春的气味。

女孩的眼睛已经从大红袍、蓝礼服、红莲灯转移到他最骄傲的、放在整个水族馆最后方的巨大水缸,红艳艳的鱼儿成群悠游,他难得细心地为这缸鱼打上红色的增艳灯,映得鱼红艳艳的。

"你看!"穿粉红高跟鞋的女孩指着那缸鱼,对着穿鹅黄洋装的女孩笑着说,"它的嘴巴好像在笑。"她的嘴唇开合、舌头压低,眼神还故意放空呆滞,模仿鱼的样子。

那缸红鱼似乎也因为有人关注而活跃起来,在澄澈的水里上下舞动,张扬尾鳍。

"帮我拍照!"穿粉红高跟鞋的女孩在满墙红鱼前将嘴巴尽力地向前嘟起。

他有一刹那想要开口说:"不好意思小姐,我们这里不能拍照。"但他忍住了。他甚至听到穿鹅黄洋装的女孩拿起手机时说这里太暗了,便亲自打开了灯。亮晃晃、刺眼的灯闪在这间阴暗窄仄的水族馆时,仿佛把阳光一起引了进来。

老头儿终于鼓起勇气,告诉她们这是血鹦鹉鱼。女孩转过头来笑着。他听到鱼沉入水底时肉体碰撞到玻璃缸底的声音,半响没说话,嘴巴微微张开,没有意义地重复了一次:"这是血鹦鹉。"穿粉红高跟鞋的女孩掩着嘴巴笑,说:"爷爷,你刚刚说过啦。"他说:"是啊。这是血鹦鹉。"

这两个女孩没有他想象的那种高高在上的都市女孩的气质,纵使她们衣着时尚,高跟鞋敲得"嗒嗒"作响,香水味清新,但她们还是不同的,光是她们踏进这间脏黑浊臭的小店就足以区隔出她们的身份。老头儿好几年都没有和这样的年轻人说过话了。他很少离开他寄居的水族馆。最接近她们的年纪又是女性的只有隔壁水族店的四十六岁的阿满。

"哎哟，这缸'礼服'怎么一条也没少啊？"

"走开！"

阿满家的水族馆比他的高雅得多。至少没有油腻的便当盒弃置在办公桌上。她家一进门就是一排定制的敞亮的超透白玻璃空缸，旁边是摆放整齐的各式饲料、滤水器、营养剂、水草、肥料，另一边则是数不清的油亮油亮的水草缸子，还有一大排分门别类的"七彩"跟"神仙"。有些他听也没听过的品种，什么"黄金""蓝钻""魔鬼"的，他有时偷偷躲过阿满朝着那新颖的水族馆望去时都看花了眼。

"啧啧啧，养的血鹦鹉有些多了！"阿满站在他最得意的红鱼墙前指手画脚。

他在八十年代末成功搭上血鹦鹉的风潮，杂交好几种南美慈鲷以后终于发现被守住的秘密，紫红火口跟红魔鬼杂交后产生的子代艳红异常。那阵子他的水族馆乃至于他家里的浴缸、浴缸旁边的水桶都满满是鱼。小小的鱼苗长至一两厘米就可以看出红艳艳的体色。只要是没有黑斑、没有残尾，一条鱼便似一条条黄金在他的水族馆里悠游发亮。

"血鹦鹉？"穿粉红高跟鞋的女孩歪头，把上唇用力地凸出来，下腭收紧，"这样像不像鹦鹉？哈哈哈。"穿鹅黄洋装的女孩也笑了。穿粉红高跟鞋的女孩还把手张开发出"嘎嘎"的声响。他头一次在他的水族馆里听到这样轻松的笑声。

"是叫血鹦鹉……你看它像不像血的颜色……对嘛，嘴唇的样子就像鹦鹉，所以叫血鹦鹉……我也觉得这个名字取得不好，要是我来取，我一定叫它红财神，一定可以卖得更好……不过现在都没什么人养了……"他在心里这样说着。

女孩用食指指节敲敲水缸，笑着说："你们过来呀，你们过来呀！"

"你们过来呀！"那是二十多年前生意景气时他对其他人讲的一句

话。但那时候他可不是在水族缸外敲敲指节、打个响指的人,他可是在水缸里面炙手可热的"血鹦鹉"啊,人人捧他上天。他后来想想,"破产"两个字竟这么轻松写意,没浸泡在里面的人是不会懂的。鱼价崩跌,他高价进的母鱼还没结清货款,又听了别人的话把积蓄大量投进股市,就那么刚好一入场就被主力断头,还欠证券商不少钱。

老头儿那时候盯着水族缸,那缸断电两个星期,没有过滤、没有喂食。七八条灰红的血鹦鹉鱼翻肚溺毙在缸里。艳色的鳞片掉落,水霉菌侵入鳃盖散出白色菌丝。幸存的几条在池底缓缓摇动尾鳍,没有泡泡。曾经明亮的水族馆就这样灰暗下来。他跑出水族馆回到外面的时候,阳光不偏不倚地照在头上,仿佛另一个世界。

他好想问女孩为什么走进这间水族馆。破产以后,他用尽手段才让这间水族馆活了下来。虽然活了下来,但跟他一样,随着时间一天一天老去。妻离子散的老头儿孤身一人管着一家店有什么好说的。每日晨起,他从小阁楼下来拉开铁门,让阳光晒晒庭前的水草,喂鱼,中午去买个卤肉便当,每隔几天给水缸换一次水。他没有尽所有可能延缓他自己以及水族馆的老化。水缸日渐泛黄,顾客越来越少,他没事的时候不是站在鱼墙前面,就是坐在店门口,敞着衣衫眯着眼睛看着日头缓缓地上升再缓缓地下降。

老头儿好久没有这样好奇店内的顾客,尤其又是这样青春年少的人。终于忍不住开口,他试图压低自己的声音,轻描淡写地问:"为什么来我的店里?水族街上那么多水族馆,为什么就是我,而不是别人?"他有点儿期待,他知道女孩会给他一个满意的答案。

"还是我聪明吧。人家都叫我不要养血鹦鹉改养神仙。你看,要不是我摆了这个漂漂亮亮的红鱼墙,你们怎么会在这里停这么久,对不对?你们就是来看我养的血鹦鹉的,是吧?是吧?"他在心里已经开始得意。

女孩笑得腼腆，说："因为我们刚刚看就这间没人。我们都不喜欢有店员在旁边。"随后又补了一句："哎呀，我们也不是专程来看鱼的啦，刚好在附近等公交车。"

"结果公交车没来。"另一个女孩说道。

"所以？"老头儿没有懂什么意思。

"就是这个。"穿鹅黄洋装的女孩拿起手机点点按按，解释着，"在台北等公交车，这个软件可以让你知道车什么时候来。"

"是吗？"老头儿不太懂智能手机该怎么用。

"刚刚显示十分钟进站，我们就等了十分钟，结果显示即将进站以后车也没有来。你看，下一班还要半个多小时。"穿鹅黄洋装的女孩又进一步说着。

老头儿不是很懂，但勉强笑了笑。他很感谢那班消失的公交车。至少把客人带来他的身边。他知道目不转睛看着血鹦鹉的她们就算没有目的，也会有结果。老头儿知道只要再加把劲，再加一点儿比喻与暗喻，再加一点儿身世之谜，她们就会全盘买单，买走她们其实并不太需要的红鱼。他还可以顺便推荐她们去阿满的店，他知道女孩会告诉阿满是刚刚那家老板推荐她们这里有好水缸。卖阿满一个人情，老头儿以后在她面前走路都有风。至少她不会再一直说他是个"没用"的人。

时代没有把谁带走，倒是老头儿一直待在那里寸步不移，发霉长藻。好几次阿满走过来看着他，像看什么稀奇的珍品玩物一样。他也不怕她，定定地看着阿满穿的紧紧的图案T恤，有时候上面会是电绣的一串英文字母，有时是亮闪闪的水钻拼贴出的天堂鸟。闪闪地，走动的时候把阳光一点儿一点儿地带进他昏暗的水族馆里。

"老板，老板！一条血鹦鹉多少钱呀？"

"看大小哦。七八厘米的那条一条六十台币，十到十五厘米的三百，纯红的再加一百二。"

穿粉红高跟鞋的女孩的鼻子几乎贴在他的水缸上，近距离细细观察每一条血鹦鹉鱼。老头儿自己知道那里面有一条是最好的，还不到一岁，体长十厘米，嘴唇丰满，全身红艳艳的没有一片鳞片错了颜色。他见到穿粉红高跟鞋的女孩指着它，问穿鹅黄洋装的女孩那条鱼是不是最漂亮的时候，老头儿不知道自己该不该心痛。

老头儿看见那条最优秀的鱼也正望着穿粉红高跟鞋的女孩。爱心状的鱼嘴巴缓缓开合，没有气泡，无声地在红艳艳的灯光底下摇鳍摆尾。老头儿没有事情的时候，就喜欢静静地看着他最漂亮的那条鱼。他叫它小红。小红就像是所有血鹦鹉的血凝聚在一起化成的，红得那样纯粹。大部分时间，这间水族馆都没有客人，有时候整个下午都是静静的，只有他和它。阳光不曾渗漏进水族馆的深处，他和它就隔着水缸默默地看着外面的光。

"老板这条怎么卖？"

"四……四百二台币。"老头儿右手攥得紧紧的。

"你回去要好好对它，小红是很有灵性的……不要用太小的水缸，它活泼好动，喜欢游来游去……啊，你要多陪它说说话，它喜欢人家陪它说话，要不然它会寂寞……"他在心里无奈地嘱咐着。

"四百二……"穿粉红高跟鞋的女孩用眼神询问穿鹅黄洋装的女孩。

"可以帮你去个零头啦！"老头儿抿着唇。

"那老板你可以帮我留着这条吗？"穿粉红高跟鞋的女孩指着小红，继续说，"我等等还有事，改天再来带回去。"

"像这种鱼放进缸里是不用放装饰的，还有底沙什么的也都不用，它的破坏力太强，你买回去就给它一个空水缸就好……当然要打气啦，过滤也要……不麻烦啦，觉得麻烦的话，我可以帮你换滤芯啊……"他看着买到那条鱼的女孩，心里又做了一番独白。

老头儿说:"好。"女孩说:"我们要坐的公交车要来了,先走了。"他说:"好。"她们说:"记得留鱼。"他定定地没有说话。女孩向阳光灿烂的街道走了出去。

夏日下午的阳光在女孩进门的三十分钟稍稍偏移了角度,依然照不进老头儿和红墙。女孩走后,水族馆的气味再次浮现出来。打水器翻起水里的鱼腥味,门边一盆枯黄发烂、正晒着太阳的水草发酵出味道,盖在报纸底下的便当盒散发着腐败气味。热腾腾的天气把水缸里的水都蒸起一片雾来,潮乎乎的。

那天老头儿拖了把高凳子,花了很长时间坐在鱼墙的前面,静静地看着小红。小红也静静地看着他。他想不起来有多少次,他向来他店里访视的同僚和阿满赞扬小红的美。它是他在整个繁殖血鹦鹉鱼的历程中最美的结晶。他几乎完全确定他没有任何可能再次繁殖出这样美的个体。

老头儿开始后悔,在想要不要说小红长了水霉病不能卖,还是就直接一点儿告诉女孩这条鱼不卖了,可以随便挑一条其他的鱼送她。他不知道女孩会怎样回答。他深深地望着小红那双灵动的眼睛,他从小红的眼睛里看到自己的倒影。他知道它想出去。

隔天一早,他换上蓝白半袖从阁楼下来,把铁门拉开。他开始等待,女孩什么时候会来呢?他喂了鱼。女孩昨天是下午来的,大约下午会到吧?他换了水。那天他没有出门买便当。因为他害怕错过女孩来的那一刻。没事做的时候,他就拉着一把矮凳坐在门口静静地梳理从水缸里拔起来的金鱼草、水蕴草,这两种水草长得最快,不仔细打理就会生出满满一缸过剩的绿意。

这天没有,隔天也没有。本来周日不营业的他还为可能会到来的女孩开了店。那日阿满穿着拖鞋懒散地走到他的门前,有点儿诧异,歪着头看他。他挥挥手像要赶走苍蝇。

他开始遗忘女孩的样子，他只记得那双粉红色的高跟鞋和精致的鹅黄色的洋装。

他跟小红开始猜测各种可能。报纸社会版看多了不免想象力丰富。那辆在软件上显示会准时抵达的公交车为什么不见了？半小时后来的那班是不是消失的那班又从某个时空裂隙返了回来？把女孩载走，又进入到某个只在软件上看得见却在实际中不存在的时空？老头儿开始担忧。他反复拿起连接钢瓶的打气机，把透明塑胶袋灌饱纯氧，再把气放掉，他不知道他在干吗。偶尔他也拿起充斥氧气的袋子放在鼻前吸一吸，这样可以让他察觉活着的必要。

水族馆仍旧一天一天地陈旧下去。没有因为女孩曾经来过而增添或减少什么。这里，仍然湿热，仍然腥臊，仍然通风不佳，阳光照不进阴暗的室内。女孩离开的第二个星期的某个下午，老头儿小心翼翼地把小红从水缸里捞了出来，小红很乖，没什么挣扎，甚至没溅起太多水花。它似乎也知道了什么，那日的它艳红异常、血脉扩张，被放入塑胶袋里的时候只轻轻地动了两下。老头儿放了半袋水，打开氧气阀把剩下的空间灌得饱饱的，自己也吸了一口，他觉得自己全身的血管都动了起来，潮潮热热的。

老头儿带上小红，关上电灯，拉下铁门。整间水族馆里只剩下滤水器的声音。他有点儿兴奋，他不记得自己上一次离开街区是什么时候。老头儿到了距离他最近的候车亭，他并不知道有这么多条公交车路线，眯着眼睛看了好久。正当他选不出来的时候，刚好有辆公交车到站了，他挥挥手，公交车缓了缓，才悠悠地停了下来。他颤颤地走上车。上车投钱的时候，老头儿注意到司机有意无意地看他的红鱼，他赶紧把装着小红的塑胶袋放到身后。

车子开动了，缓缓地驶离候车亭。他知道对了，这辆车便是载走穿粉红高跟鞋的女孩与穿鹅黄洋装的女孩的那辆。他望着外头缓缓向后倒退的窗景，像是他在一个巨大的水族缸里，扶手吊环便是摇曳的水草，软椅是造景，之前穿粉红高跟鞋的女孩与穿鹅黄洋装的女孩便在这里款款游动，现在则是他，他是一条独一无二的红鱼。老头儿的脸上难得充满笑容，他用力地朝外面的世界挥手。只要有路人朝他多看两眼，他就欣喜异常。他知道自己仍是水族缸里最亮眼最绚丽的那个。

那日阳光如同两个星期前女孩来访时那般绚烂，如同二十年前他事业如日中天般绚烂。老头儿知道这辆公交车将载着他穿过时空的裂隙，回到原本属于他的时代。他仍旧向外面的世界大力挥手。车上的冷气吹在他半秃的头上，阳光占满他的侧脸。他并未注意到放在隔壁座位装着血鹦鹉的袋子的红色塑胶绳没有系紧，氧气和水一点儿一点儿地渗漏出来，水滴落在公交车的地面上，映着外面的日光一闪一闪的。小红躺在座椅上，曾经饱满的透明袋子已经干瘪，没有多余的氧气。但小红仍旧很乖，它没有试图跳跃旋转，只是缓缓地掀起鳃盖，落下，掀起，再落下。它的眼睛直直地盯着兴奋地望着窗外的老头儿。

老头儿没有回望它。它知道自己即将死去，血红的鳞片渐渐失去色泽。夏日的水族缸里散发着鱼的腥味，阳光让水族尽力滋长。公交车迅速地穿过一条条街道、一栋栋繁华大厦。老头儿仍然没有注意到它。

📝 授课

为自己探寻合适的发声渠道

我很爱搭公交车，也很爱看路上跑来跑去的公交车。我时常想，男女老少在某站上下车，是为了什么呢？哭花眼妆的女人、拎着菜篮的老妇、手里拿着一把枯萎玫瑰的高中生，他们有什么故事呢？我深信每个人都有一个精彩的故事。

公交车把人从这里载到那里，此时此刻我们与陌生人共度一段神秘的时光，也许明天早上或平日七点你又会看见某个他，也许擦肩而过就是一生永别。

当我站在街上望着公交车，总觉得公交车是个水族缸，吊环是水草，软椅是造景，或疲惫或匆忙的人们是一条条斑斓各异的鱼。当我坐在公交车里透过窗窥见外头的世界，也觉得外面是个水族缸，移动的速度让窗外的鱼跟造景都飞快地移动着，仿佛有湍急的水流带走了一切。这些在水族缸里的人都有什么样的故事呢？

这会让我有讲故事、写故事的欲望。

课后自习小站

1. 去爬山，不必爬到高峰，过雨看松色就好；去潜水，在水底望着上浮的气泡，在水底听自己的声音。
2. 去买菜，去练习辨认蔬果鱼肉的好坏；去搭公交车，去观察别人的状态，揣摩他们的心事；去一个陌生的城市，没有目的，红灯右转绿灯直行；去站在一座天桥上或地下道中，看川流的车辆或人群。
3. 去过好自己的生活，这是最紧要的。

吴文星的写作课

- 写作理念
- 写作现场
- 授课
- 课后自习小站

文学冠军简介：吴文星，1994年生于江西赣州，青年作家、编辑。曾获第六届全球华文青年文学奖散文组冠军、第五届全国大学生野草文学奖散文组一等奖等奖项。作品发表于《诗刊》《星火》《中华文学》等期刊。

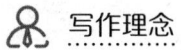 写作理念

忍耐漫长时间里生命芜杂的冲刷

  毕业以后当了一段时间的杂志编辑，也看了不少的创作谈（其实类似写作理念），尽管故事都不一样，但我总能从这些作者为他们的故事编织的或真实或虚幻的丝网中找到乐趣，从中看到真挚，看到困惑，看到明媚的光，也看到他们为编织故事而撕扯生命个体的痛楚。说起来，我开始写作并没有循着什么指向明确的目的，可以说只是一次散漫的短途旅行，就像我不需要为冬日公园里散步的人们走花园小径还是城墙头做出解释一样。写作给我带来一些微薄的稿酬，还有文字被初次印刷成铅字的小小惊喜，但这都是平凡生活中不足为道的微小涟漪。我越发清楚，面对写作的宇宙，自己或许只是一颗可以忽略的星子，要忍耐漫长时间里生命芜杂的冲刷。但有志于此的青年们，大可立于潮头，迎风而上，去找寻自己生命的意义。

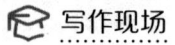写作现场

故乡从宋朝穿越而来

如果要从历史长河中选一个王朝来安置故乡的话，我选宋朝。

故乡是江南的一座小城，有诸多名目，客家摇篮、红色故都、世界橙乡、世界钨都、稀土王国、江南宋城，等等，我独喜欢最后一个，贴切、传韵。故乡，分明是从宋朝穿越而来。

一

大学是在故乡上的，没有背井离乡，自然说不上什么乡愁。可终日浸泡在浓郁的宋文化里，却有恍如隔世之感，多少次，穿越寻常巷陌，驻足楼台亭榭，登上斑驳的城墙，感受那份温婉的沧桑，犹如时光错乱。这座小城，仿佛正从文人骚客的浅吟低唱、丝竹笙歌中款步走来，而我，也成了临安城的一介市井小民。

闲暇时，最爱跑到建春门的古浮桥去消磨时光。临江而望，眼前是缓缓流淌的江水，脚下是微微晃动的木船和浮桥板，身后盘踞一条绵延数千米的宋城墙，沿着城墙往岸边去，向西走一段路，又见郁孤台正安静地屹立半山处。

于此处流连，享一份清幽寂静，不知不觉一上午的光景就过去了。故乡是被一座浮桥拉长的光阴，小城，何其静，这里的生活如同走在浮

桥上上下浮动,"吱吱"作响,满是晃晃悠悠的诗意。郭沫若来此时就曾作诗写道:"三江日狂流,八境岁华遒。广厦云间列,长桥水上浮。"赣州的三座浮桥都是从宋代开始建造,并一直使用至今,不仅对城乡交通发挥了巨大作用,还可起到"锁江"的作用。古代赣州设有"赣关",对过往商船进行收税,浮桥定时开启,过往商船要查验税票后才能放行。现在,每天早上九点,建春门浮桥仍然定时开启,以方便船只通行。

浮桥拉长光阴,古城墙却将时光凝固。徜徉其上,抚摩斑驳青砖,叩问迤逦朱楼,一丝丝温润安详的古意,由指尖流遍全身。眼前仿佛浮现:英勇的将士正与攻上城墙的敌人奋力厮杀,极目望去,残阳如血,余晖照在寒光闪闪的兵刃上,刺得人不敢直视。

这座一千多年前的古城墙,至今仍保留着它应有的庄严、肃穆,游人嬉戏其上,也怀着适当的敬畏,墙垛、堞楼、警铺、马面、城门,都严阵以待,仿佛在迎接下一拨敌人的进攻,一股浸透人心的苍茫直扑面颊。故乡不仅因山水秀丽而闻名,自宋代沿袭至今的三千多米的古城墙更让其赢得"宋城博物馆"的美名。清晨漫步在古朴蜿蜒的古城墙上,只见城外一江清流,远处山间田舍烟云缥缈,近处街坊鳞次栉比,让人感觉犹如置身于一幅美丽的《清明上河图》之中。

"郁孤台下清江水,中间多少行人泪。"辛弃疾曾在此怀古言志,如今的郁孤台默默耸立,任时光雕琢。透过历史云烟,故乡的宋代历史文化遗存仍灿若星河:"江南第一石窟"通天岩、享誉古今的排水系统"福寿沟"、江南名楼郁孤台、八境台、游龙般的古浮桥……它们一个个从历史烟雨中款步走来,相对无言,却唤醒过多少士人游子的郁郁乡愁。

二

赣州是南宋三十六座名城之一,说到宋,就不得不提这里繁盛的客家文化了。历史上,中国发生过几次大规模的北人南迁,尤其是宋室南迁,使至今仍生生不息的客家文化得以形成。这些文人骚客、士族官宦把中原的饮食、服饰、习俗、语言、建筑技术、工艺技术纷纷带到这块充满灵气的土地,使故乡的宋文化气息更加浓郁。

赣方言作为汉语七大方言之一,其载体正是起源于南宋的客家话,至今仍显示出强大的生命力。如今,人口流动频繁,人们不再固守一座城而终老,但无论客家游子身处何方,离家多远,只要听到熟悉温暖的客家话,心就会安顿下来。

作为一名语言学专业的学生,我更加能体会到客家话的源远流长,它总能带给我作为一名客家人的骄傲。在学习古汉语时,许多古汉字生僻艰涩,难解其意,可当老师用我熟悉的客家话将它念出来时,我才知道自己的方言原来与宋人的官话有着千丝万缕的联系,我深深感受到客家话在古文化中留下的烙印,那么璀璨,那么温暖,满怀故乡的味道,仿佛宋代才子佳人的蛮音在耳边回响,萦绕不散。

据说客家话还是太平天国的官话。洪秀全是客家人,当年他以一口客家话呼朋唤友,揭竿起义,与清廷分庭抗礼。他不知道的是,很多年前,宋人用它吟诗作对,把酒祝东风,留下"人有悲欢离合,月有阴晴圆缺"这样传唱千年的名句,留下"人生自古谁无死,留取丹心照汗青"的豁达激昂。许多年后,后人用他的家乡话把他的事迹相互传颂,成为一段佳话,历史,也曾在客家话的引领下熠熠生辉。

三

故乡被称为"虔城",生活在小城的这些年,恍如做了一个虔诚的梦,我并非信徒,却早已做了宋城最虔诚的拥趸。

我恋着故乡,并非仅仅因为我的家在这里,也不是我对江南烟雨楼台有太多的眷恋,真正让我频频回首、难以割舍的是小城被拉长的慢时光。

对，故乡是缓慢的，它从宋朝踱过来，用了一千年。都说时间惧怕埃及金字塔，可我分明看见，在故乡，时间被暮色夕阳驮着，丢进了郁孤台下的江水中，缓缓流淌。

故乡的子民淳朴真诚，随圆就方。他们活在宋人的诗句中并不自知，却仍把日子过出一种浅淡的诗意。他们不懂得"稻花香里说丰年，听取蛙声一片"的恬静与喜悦，只知日复一日地在田间劳作，把熟透的稻子收割掉，把枯死的稗草作肥还田，把谷仓空余的角落努力填满；他们不知道"五月渔郎相忆否，小楫轻舟，梦入芙蓉浦"里含着怎样浓郁的乡愁，却时常摇着桨橹在故乡的江河湖泊中捕鱼打虾，为终日粗茶淡饭的晚餐添一道鲜味，打点生活琐碎；他们不明了"落花人独立，微雨燕双飞"的微妙意境，只是曾在微雨飘飞的春日，披着蓑衣，戴着草帽，头顶一树繁花，独自在树下锄土插秧，至暮色沉沉，荷锄而归。

村民的生活虽不富裕，可他们的生活理念却奇妙地与宋人不谋而合。"莫笑农家腊酒浑，丰年留客足鸡豚。"陆游当年要是来到故乡，必会发出同样深情的慨叹。故乡的晨钟暮鼓响了一年又一年，宋朝的浅慢时光让他们近乎慵懒地偏安此隅，似武陵人一般，黄发垂髫，怡然自得，在经济大潮席卷世界的时候把自己置身事外，固守一片与世无争的桃花源，做了宋的遗民。

当我再一次登上郁孤台，凝望山下不紧不慢流淌的赣江水，流水淙淙，江面上升起朵朵雾岚，脚下的青石板越发稳笃。我看见，苏轼迈着轻盈的步子从浮桥上走过，而我耳边传来的是他口中吟唱的那首《郁孤台》："八境见图画，郁孤如旧游。山为翠浪涌，水作玉虹流……"

 授课

在溢美辞藻背后暗藏情绪及反思

　　这篇散文以我大学所在的城市为描写对象,其实也是离我故乡最近的中心城市,因为保有一些宋代的砖头墙瓦、亭台楼榭,还有一些诗句和画作,便将其与宋代结合。然而很明显的是——不只是我的故乡,也包括这座叫"虔州"的城市——现代经济社会的发展方式和人们的意趣追求,让很多"古城"徒有其名,如果不是文学化描绘的需要,我很难从中感受到一丝的古意。书写这篇文章的过程,溢美辞藻的背后,我体会到的反而是一种古韵不复存在的怅惘与苍茫,或许冲着这种情感写一篇,才是我的真实目的。

课后自习小站

1. 广泛阅读。可以设置几个阅读梯级进行,从最初大众都选择的文本入手,逐渐涉猎表现手法多样、思想深刻的文本,将其作为学习写作的样本进行剖析、模仿,从而找到自己的角度和写作风格。
2. 多外出观察。拓宽生活的空间,不要怕麻烦,要多去经历一些事情,遇见形形色色的人,从中观察与思考。
3. 多写。没有比这更具效力的写作奥秘了。

胡姚雨的写作课

- 写作理念
- 写作现场
- 授课
- 课后自习小站

文学冠军简介：胡姚雨，笔名莫笑君，1990年出生于浙江绍兴，青年作家，东南大学硕士。曾获香港中文大学第五届全球华文青年文学奖一等奖、2013年冰心儿童文学新作奖、第三届冰心作文奖一等奖等奖项。各类文章散见于《光明日报》《青年文摘》《读者》《美文》《意林》等各类期刊及年度选集。《课堂内外》杂志专栏作家，2016～2018年连续两届任浙江省十大校园新锐写手大赛复赛评委。

> 写作理念

让自己沉浸在规律性、持续性的输出里

写作的缘起是功利的,是为了在语文考卷上获得高分。周末在家,被妈妈逼着写额外的作文,就是在这样的痛苦中,忽然有一天我开了窍似的,面对老师给出的命题,心里有很多话要讲,笔还没动,要落到纸上的话已经在心里浮出。从此,这些不可遏制的倾诉与创作冲动,变成了我生命里源源不竭、向外流淌的文字。所以,写作之于我,有点儿像一个藏在身体里与生俱来的开关,某一天打开了,发现身体的内部被照亮,于是习惯沉醉在这样的光亮中。写作填充了我生命里很多无所事事的时间,让我沉浸在一种规律性的、持续性的输出里,反过来,通过输出让自己放空,看到不足,进而加强输入,反哺阅读。我想一个人的一生中总会发现一样自己热爱的事情,这件事情因人而异,也因时间而异,经过这么多年,我幸运地确认了"写作"这件事就是我的热爱。所以,我对写作也没有多么大的野心,已经把写作当成了生命里的一种习惯,就像吃饭睡觉,几乎是无意识的,却又是不可或缺的。令我感动的是,回过头发现,这个不声不响的习惯,在陪伴我的同时,竟悄悄为我记录了生命里那么多感动、遗憾、重要的瞬间,这更像是额外获得的生命馈赠了。

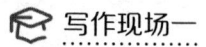 写作现场一

骨头的温度

一

从我左胸最下面的一根肋骨往上走,一双手的两指若具备精确的移动规则,约三厘米为交替移动的长度,如此"走"八步,便会在我并不匀称的锁骨上发现一枚沉默的突起。这枚突起加重了夏日里穿上圆领短袖后给人的"精瘦"感。轻巧耸立,居高临下。像身体内部曾经发生的一次碰撞:某一粒细胞,模仿了天外陨石撞击星球的力度与速度,它在我深潜梦中的某个分秒,借助无从解释的威力在锁骨的末端砸出一个反向的"陨石坑"。这粒细胞或许从此长眠于这一盆地,却也常令我在无意间触碰到此地的瞬间,像摸到一把匕首般胆战。

对身体的解释,或许我们自己都已足够地道。不光是我们,医院里庞大的核磁共振仪、CT液晶成像,比语言更好地描摹了身体当下的经历。这些解释削弱了语言在某种程度上渴望达到的"善意",它们那样直接地将病灶显影在刚刚出炉的X光片上,如此黑白分明、岿然不动地解答了所有因病痛引起的担忧与不解。身体的隐秘在毫无色彩感的光影中,无处遁形。

我一直对医院里庞大的检测机器心怀恐惧。在二年级的时候,我撞伤右肩,淤积在肩头的隐痛始终不退,在无从确证的担心中,我第一次

站上了X光机。医生隔着一块玻璃用话筒提醒我站上自动升降台,"下一号,胡姚雨"的响声在狭窄的室内"嗡嗡"回荡。如此正式的气氛加重了我内心的不安。直到升降台缓缓上升,一只摄像机般的光束枪用黑洞洞的枪口对准了我,我没命般朝一旁大喊:"怎么办,怎么办,我怕!"庆幸的是,我还没来得及做出擅自跳下的举动,整个摄像过程就已结束,我紧张得一身冷汗,好像没打麻醉就上了一次手术台。

那是我第一次清晰地看到自己的身体。身体的一部分悬挂在显影灯前,悬挂在一张质感神奇的X光片里。带着慌慌张张的新奇,触摸被定格在一张纸上的我。我有一种被射穿了的隐秘的疼痛,在毫无感知的那个瞬间,明显有东西穿透了我的全身,像一把钩子钩住了深藏其中的骨架,它那么轻轻松松、丝毫不曾沾血带肉地就把这幅坚硬的轮廓勾了出来,又变魔法似的将之拓印在一张没多少重量的底片上。看过去,一捏就要碎掉了。

拍片并没有拍出什么实质性的结果,疼痛也在后来的日子里渐渐消弭。因拍片产生的感受,却永久难忘。

二

也只剩下身体本身含着羞于启齿的神秘了,从生到死,从来近邻的器官也常常做出自相矛盾的举措。我不会忘记初中同桌那对被大家笑话的大脚趾,夏天穿了凉鞋,圆滚滚的两个裹着白纱布的小圆柱体以非常对称的方式栖息在众人低头的视线里。纱布上透着黄水,炎症已经刻不容缓。他走路都是一瘸一瘸的,全因为脚指甲长进了肉里。这并不少见,我也有过类似经历,却因忍得疼痛,敢于在"跳河一闭眼"的决心中将歪长的角质蛋白连根拔起,才一下子舒坦下来。我的同桌显然缺乏经验,以致"祸不单行"。

因为这种无处责怪的痛苦,身体践行了"投诉无门"的苦楚。像无知的孩童，拿美工刀割着自家的皮沙发，尖锐坚硬的指甲意图假扮结缔组织与柔软的皮肤厮混，这一刀下去，暗痛渗透神经。我开始怀疑身体的进化是否统一，换句话说，除了大脑，其他部位是否能感知器官间彼此和谐共处的重要？兔唇女孩开裂的上腭是否有急欲弥合的愿望，还是生来就忘记了肌体统一的准则；侏儒精悍的身材是否孕育岩浆般炽热的生长激素，如果脑垂体玩忽职守淡漠了分泌的本能，它为何不担心在更加拥挤的身体里将听到来自距离更近的其他器官的辱骂与哀怨。植物向阳，根茎向地，有些天然，竟是奢望。

医学已经可以解释绝大部分病症的缘由。其实我更在意的是由身体构成的生命在经历怎样的蜕变。我每次摸到锁骨上那枚尖锐的突起，都会暗自猜测它在体内靠肉身打磨、积累的过程，坚硬到不容分说，毫无理由，无迹可寻。曾经，好多人怀疑它是骨质增生，看过医生，医生淡而又淡地表示："吃胖了，自然不明显了。没关系。"我们的生长，有时看起来竟如此随性。

三

坚硬和柔软，难分胜负的词语，常常出其不意地改写不同境遇下强弱的判定标准。

想象一条蛇缠绕在一座铜像上，没有人会比铜像本身更镇定。缓缓扭动的躯体暗藏着人类思维中暧昧的挑逗，而这却是致命的。认识的人几乎都会把蛇归入"最令人害怕的动物"，它有骨，甚至有力，却常常幻化出"柔若无骨"的假象。至阴至柔的线条击碎了一切在物理性质上比它强硬的事物，保持在它视线可及的范围之外是野外遇蛇之人唯一可以做的，人的骨头在它眼中不过是狼吞虎咽、囫囵而下的一堆佐料。直到它被摆上餐桌，有人还是不敢拿起筷子夹一块哪怕早已四分五裂、外焦里嫩的美味。蛇死后还在延续它柔软的威慑力，直到有人大着胆子咬下第一口，才发现它不仅有骨，而且骨节是如此稠密、富于规律。还有故事书教给我们的道理，切下的蛇头并没有完全死去，在手指无意靠近的刹那，蛇头将张开蓄意已久的嘴，将仅剩的毒液注入毫无招架的肉体。蛇将柔软演化到极致，过目难忘的惊悚中，谁都容易忘记是一副暗藏力量的骨架撑起了它行动的根本。我想起周晓枫的描述："蛇诡异得令人恐惧，你根本不知道它的弱点在哪儿。世间最大的迷宫是沙漠，最小的，是蛇让人猜不出地址的冷酷的心。"

四

蛇将矛盾化为统一，并不能解释我们对身体本身的困惑。水母的存在印证了无骨之美，骷髅舞的流行证明了人类对骨赤裸裸的本身也抱有审美情趣。在两者无从调和的疑惑中，骨本身的用处或许会受到质疑。比起科幻电影中越来越炫人眼目的机器人，我们身体里的骨头显得笨拙而有限。关节数量的有限规定了我们行动的极致，骨与骨之间的联结仅仅靠着丝线般柔韧而易碎的筋脉，更多时候这都让我们对自己的能力产生怀疑。

舞蹈对美的追求，算是人类对骨最具艺术感的反抗。它要求剔除日常行为中一切因为骨头的存在而显现的刻板与僵直，在皎洁月光下扭动的身体，重塑了人类对身体柔软程度的想象。舞蹈班的女孩们，没有一个不因骨头的限制而奋力拉扯着蕴含在这些象牙白的钙质物中的筋脉，她们汗涔涔的脸上跃动着突破极限的渴望。可是矛盾又产生了，长长划开的一字腿，是意志力之下骨的屈服，也是骨从生理极限跳脱出来后的重生。当两根股骨因劈叉而形成更大幅度的分离，是笔直而纤长的"一"字重现了骨的刚直之美。从头到尾，就像骨和人开的一个玩笑。是玩笑，催生了美；还是为了美，骨头不屑一笑？

骨的存在，似乎分割了身体和灵魂的界限。想想那些如风般飘散在传说中的灵魂吧，它们肆意幻化的形状如橡皮泥一样暗示了骨头的无能为力，脱离了骨头的束缚，他们得以自由自在。

这样想，骨似乎成了一种悲哀的隐喻。而在我们的传统文化中，骨常常和骨气、风骨相连。骨头的生理属性在铁与刃驰骋的年代就显得如此单薄，它几乎禁不住一片薄刃在颈部的一百八十度滑行。但，也正是这份脆弱，延展了死，或者说牺牲的价值。仅剩脆弱，被俘后的肉体，仅剩的脆弱，无从改变的生理属性，同时，舍弃这仅剩的脆弱，与"士可杀不可辱"的精神风貌如此丝丝入扣，千百年来成了我们为骨津津乐道的一条思想标语。

五

我那位雕塑系的同学，明显比我了解到的已经够辛苦了的生物系的同学更辛苦。

统属于艺术，雕塑和音乐一比，几乎有了邂逅的感觉。这和我每次见他时遭遇的情景不无关系。雕塑房所在的美术大楼，和音乐大楼一街之隔，往往一边听着二楼练习美声的男女生高亢浑厚的嗓音从头顶的窗口游来，一边面对一手拿着锉刀、榔头，一手沾满泥污的他。几乎不见"艺术"这个词本身略带煽动感的骄傲与优雅。成堆的黄褐泥土，各色电焊工具，混合着他一脸从煤矿深处出来的表情，俨然一副苦工的样子。

雕塑课程里含着一半生物课基础。上课伊始，要从解剖学起。不看内脏，看骨骼。这一点，打通了艺术和科学之间某种微妙的回路，科学在解构，艺术则在重构。所有电焊设备，是用来拼接动物骨架的工具；废弃的钢管、生锈的铁棒，是骨的另一种形态。重构于无形中点燃了骨的创造力。

但骨头本身并不是他们的追求。模型的搭建，是为了巩固这一构架在脑海中的轮廓。造骨是科学的事。说到底，骨是辅助，他们只负责造肉。造肉的同时又要造骨，他们通过肉来造骨，又通过泥来造肉，这很像自然界的工作，却又被骨的科学现实打破，这是一对致命的矛盾。矛盾至深，只剩下了骨与骨沉默相对。还原成最初的器官，骨只是一个架子，现在，要为它披上外衣。可以控制的只有线条，艺术的癫狂与张扬可能至此开始。线条提供不了具体的线索，骨或许可以，骨有自己的排列规则，按关节契合的路数来，像搭积木一样完成拼接。线条如何拼接？线条太狡猾，它都要勾勒出隐藏在背面的骨，骨的挤压使肱二头肌催生了线条的走向，线条却不能因为自己的动向安排骨的生长。解剖到最后，获得的竟是一个无从把握的哲学命题：你看见的是你不能描述的，你看不见的却是唯一能描述你看见的。骨藏在泥里窃笑，除却神话，它从来没有自泥土诞生的经历。泥土和骨的对峙，又回到了柔软和坚硬的古老争论，但这次骨明显占了上风。谁都没有主动向它发出邀约，甚至一度回避和它正面对视，它却成了整场创作活动中的主角。等待泥土在塑造肌肉的最后一笔中赫然完成重生的使命，完整的骨架已傲然依附于无法开掘的泥雕深处。

六

再回到锁骨上来吧。异军突起的现实，强调了身体里来自同一细胞分化的各个部位依然存在分歧。带着杀鸡儆猴般的威仪，骨以沉默的方式宣告它对更多皮层面积占用的指示。但从另一方面来说，它又不得不屈从于皮肤的压制。比起皮肤重生的速度，骨头对损失和断裂几乎无能为力，没有外界协助，它只能眼睁睁地看着部分骨质坏死，而空叹无形的凝血因子一次次提供了在生命受创时所需的第一手援助。另外，骨头是否有自己的温度，也是一个值得商榷的话题。温度成为哺乳动物骄傲的进化标准，骨是否同样达标？从来都热衷以"热血""铁骨"标榜的文化传统，无形中给了我们有关骨与血的温度分配。兴许低温冷静和坚硬内敛的情感向来结伴，骨对能在三十七摄氏度的环境下自给自足的肌体唯有望洋兴叹，但谁也不能在亲手摸到自己的骨头之前否认其可能保留的体温，就像身体的秘密从未因生命的短暂而慷慨地朝我们全部开启。

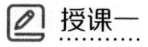 授课一

在感性文字中加入科学元素的支撑

这是一篇灵感之作,写于大学本科期间。那时候,我非常幸运地和几位艺术生分在了同一个寝室,其中一位的专业是雕塑,通过他,我幸运地了解到了他们日常是如何"玩泥巴"的,也目睹过一尊尊雕像在他们手下逐渐成形的过程。有趣的是,雕塑班的教室里还放着一具白色的骨架,看着怪吓人的。我询问缘由,原来,为了做出合格的雕塑作品,雕塑系的同学必须了解人体骨骼的构造,明确肌肉在骨骼上的分布,这样才有可能创作出具有真实人体美感的优秀作品。艺术是感性的,可背后却离不开科学的支撑,这一对长久以来的辩证关系再次激发了我的兴趣和思考,于是,我围绕"骨",展开了许许多多的联想。

在结构上,为了使我丰富的联想都能得到呈现,我采取了"块状"结构,一个点就是一小块,从而使文本看起来像是很多个小结构拼接而成,当你读完,就会发现这是一副以"骨"为串联,有机组装到一起的大拼图。在语言上,为了让文章读起来具有"解剖直至露出骨骼"般的张力,我采用了类似"论文"般的冷静、克制的语言风格,力求用最简洁、最客观的话语,体现深刻、辩证的哲思。事实证明,这样的尝试取得了一定的成功,在文学比赛结束后,有评委指出,这篇文章"充满了现代性""展现出生活与哲学相结合的充足的自觉性,有英式思辨散文

的味道"。所以,用简洁的话,表达深刻的思考,永远是写出满意作品的不二法门。

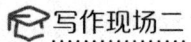
写作现场二

褶·宙

一

最初和最后的装裱都由它完成。

一个从地质学上偷渡而来的名词，却在生理范畴内赢得声望——褶皱。长盛不衰的去皱广告仍在兢兢业业地发出声讨，唯褶皱泰然自若，从一而终，为时间的存在佐证。大自然对褶皱的偏爱有目共睹：浑圆的天体永远顶着坑洼不平的表面；笨重的地壳正互相推挤生成新的裂纹；即便湖水光洁如镜，波纹也像鱼鳞一样持续不断地产生……珠穆朗玛峰的积雪不化、太平洋底的游鱼无声——作为人们恪守的美学准则，褶皱，融入了自然界的每个角落。

二

每个人都对褶皱进行过描绘：岁月，在爸爸妈妈的额头刻下了深浅不一的皱纹……语文老师用红笔在底下画一条波浪线。一个出彩的句子，除了承认褶皱无情，也为幼小的心灵赢得虚荣。还记得小学语文课本上有篇例文，把额间的褶皱写得多么惟妙惟肖：牙膏快用完了，奶奶走过来，把我手里瘪瘪的牙膏拿过去，接着两个拇指用力，眉毛中间挤成了一个"川"字，一小截洁白的牙膏就从管口冒了出来……

遗憾的是，即便笔墨精到，遇上美术课本里罗中立的《父亲》，所有褶皱与文学的联姻也都将显得黯淡无光。几年前，我在美术学院的展厅再一次看到《父亲》，尽管是仿品，也占了一面墙的三分之一。年迈的"父亲"俯视全场，目光自伤口般的眼缝中射出……因禁止触摸，错综的褶皱如交错的谜面，强调一个不容回避的事实：无论怎样延缓衰老，皱纹总能见缝插针地暴露自己。

那次展出，我还发现了一个有趣的细节——画面右上方一个不易察觉的地方，"父亲"的帽檐下露出了半截圆珠笔。原是罗先生当时为了作品能顺利展出而做的妥协：须添加精神文明的脚注，才能削弱画面里密度过大的苦难映射。荧幕上，台湾电影《桂花巷》里的高剔红手心断掌，纵深的褶皱正拟着刻薄的台词：断掌的女人，克亲、克夫、克子。一个女人拼尽一生，不过为了和一道褶皱理论……迷信至此，"手相学"依然星火相承。褶皱刁蛮入世，很少轻谈宽容。但细心推敲，才觉面恶心慈的它一直园丁般照料着人类一生的起居：产房里痛哭的新生儿全身被羊水泡皱，迟暮者皮囊皲裂如旱季的干土……生与死，它都准时出席。像走针遗留的线痕，兜着我们的灵魂。生，密密缝合；死，则脱线败落，灵魂逃逸……说不清是通晓人性的褶皱自己偏爱这样首尾呼应的人生，还是降生之初我们就被设定了棺木的花纹？

三

没有翅膀，于是把对飞翔的渴望融入了少年时代最常见的游戏里。

我们折纸，对折，顺着中缝折两个三角，继续内折……无须航道，省略仪表，合法的肇事无数次发生在黄昏。五楼的教室为我们带来天然的便利，长长的走廊上，聚集着准备一较高下的同学。他们紧握机身，摆好姿势，整装待发的兴奋中，似乎能听见白色的机翼在风中贪婪地吸吮。朝机头哈一口气——时至今日我都不明白其中的道理——大概是我们最初理解的"心有灵犀"吧。一声令下，那被无数次写进青春文学的喻体，转瞬腾空，散射如礼花，慢悠悠打转、滑翔，终至坠落。

最初的才华在这里显露：有人将尖锐的机头往回折入，认为平头的飞机会因为重量的平衡获得更长久的生命力；有人裁剪了纸片，设计出扁平阔大的机翼，为的是获得更大面积的气流支撑……比赛在普通到无味的日子里循环往复，机型却在无拘的梦想里被一再重塑。

我一度惊叹纸飞机的精美：对称、轻盈。全部，都是褶皱赋予我们的灵感。

第一道褶痕出现，用来构建机身的骨架，就被烙进了纸张。褶皱以最快的速度显示其媲美科技的价值：舍弃钢筋水泥，一条缝隙，就支起了主体。摊平，辐射纹从矩形短边的中点溅射开来，这些伤痕般交错的标记，成为一张纸俯瞰大地的前提——

褶皱的忠告如雷贯耳：要获得翅膀，就免不了遭受形变与痛楚。

向那些做出优良飞机的同学讨教，都无须言语：只要拿到对方的折纸，自动蜷曲的纸张就慷慨地为我们指示方向，探索的时间都节省了。总有那么一两个人，慌慌张张地想将纸摊平、私藏秘密——好笑，也是徒劳的。保留飞翔记忆的纸张已不再纯洁，它的欲望被打开了。

记住那触目惊心的姿态：桌上哀然坚挺的白纸正试图回归机身，带着挣扎，和某种急迫的贪婪。如同被禁果启蒙的人类，白纸般的精神家园，被折出一道"性别"的分界，世界不再扁平。作为洞悉秘密的使者，是蛇用思想的尖牙，朝人类注射了欲望的糖浆，刻下羞耻的凹痕。关于蛇的泄密，我们难以猜测它的用心——它诱惑人类犯罪，却也开启了祖先蒙昧的心智；它破坏果园秩序，却也换来第一次对权威的挑衅——裸体，代表坦诚与服从的身体法则，被两片树叶瓦解。被遮蔽的身体不再一览无余，秘密得以栖息——是否该感激，正是蛇的诱导，才让人类意识到自身的隐私。

但戳穿秘密的蛇，终被剪开舌尖、拔去翅膀，一生深陷泥沼。从此失去言语的权利，再开口，齿间已被灌满寓言性质的毒液。连咀嚼都不能，囫囵吞枣之际，甚至会被体积过大的食物撑裂身体……

一次泄密，蛇被钳制在这副终身相伴的狼狈中。

四

在机械制造专业的那一年，我常被一些固有的形容词圈定：单调、艰苦、乏味、肮脏……跟随老师进入实训工厂，观察一个零件在油污的机械中锻造成型，肮脏的墙角积累着蛛丝，和多数卖力运作的机器形成对比，身着军训时穿过的迷彩服，我更加确信了自己的身份。

钻孔，磨削，在火花四射的电焊设备旁透过护目镜观测烈焰下金属的熔化。液态，使曲折的内部结构一次成型。工科，披着从来灰头土脸的外衣，这一次，我努力改变视角，发现辛苦的人们，其实在寻找褶皱的艺术。

拼接与协作，所有零部件都无法自食其力。观察一个油泵：沟槽、压盖、缸体，到最具代表性的螺母——回环的纹路，彼此勾连，实现力与美。学习的第一步，是画出零件的剖面三视图。我们几个同学围坐在一起，讨论画图方案。难点在于，虚空里那一刀下去，必须尽可能多地展示零件隐藏的褶皱——那些或打穿或曲折或成几何形状的凹槽。事实证明，很难找到合适的一刀，囊括一个零件所有的隐秘。一刀，我们仅有的额度，去购买一个零件的隐私——往往面临着入不敷出。这时，要加画一个或多个局部剖视图——强制性的赊账，才能把遗留的盲点曝光。

精密设置的褶皱，令余额告急，每一刀都可能遗漏隐匿的额外空间，我们试图规避的逻辑漏洞和想象局限，在这里经受严峻的考验。须时时回头、细细摸索，才能发现器械内部的另一个宇宙。而这些，将消耗我们难以估量的精力，因我们双眼的观察，须借助光。笔直游走的光，其天敌，就是褶皱。视线在曲折的迷宫中被削割，真理像苔藓，于暗处麇集——迷宫，不正是褶皱的排列组合？在计算机还不像今天这样普及的早些年，电脑屏保上绚丽的"三维迷宫"总令我着迷。跟随画面在通道里前行，因前路未知，不知何时走入死角，但重复单调的过程也让我目不转睛……

　　下课铃响，我们还坐在那里勾画，像法医一样一点点剖开零件的身体。褶皱越来越多，测量捉襟见肘——真正完工时才发现工程浩大得超乎最初的想象：沉甸甸的金属制品竟徒有其表，比外部的氧化反应更可怕的是，诞生之初，它的内核就早已被褶皱蛀空。

五

　　闻到熟悉的消毒水味道，我不自觉地皱了皱眉，走路小心翼翼地避让。最洁白的瓷砖也给人沾满细菌的联想。

　　远房亲戚因骨折住院。他在下楼时分神，一瞬便从楼梯上摔下来。因为断了肋骨，呼吸都得小心翼翼。光想象断裂的骨头正在不断隆起的肺泡边摇摇欲坠，我的腿就跟着发软。

　　骨科病房里，病患各异：断了的腿被石膏裹缠，用绳子吊在半空；折了的手垂在胸前，脖子连带着遭罪……身体的外强中干一览无余，所有双手创造的，都可能成为伤害我们的凶器。

　　我不得不加强对楼梯的警觉，每一级的尖角，都是潜藏的凶器……我这样想着，一个迎面而来的病号在护士的搀扶下，一步一抬，拾级而上。护士面带笑意:"哎,好多了……"复健辛苦,亮晶晶的汗水却预示希望——我有一秒的失神:褶皱的好坏还能一言以蔽之吗?有人在这里险些丧命,有人却在这里重获新生。

负责过成长道路上的数数练习,楼梯充当过我的数学启蒙老师。这大概是最实用的褶皱哲学,须横竖交接、形成褶面,我们才得以在上面落脚攀行。我还记得自家楼道从底到顶的阶数。从最初的一级一级走,到两级两级跨,再到三级三级危险地尝试……童年跟随褶皱,被折进时间。

是楼梯实现了生活的"高屋建瓴"。因陆地有限,纵向的空间开掘就显得格外迫切。细心掐算,也许一生中有过半的时间内,我们是在空中度过的。渐渐习惯用鸟的视野来阅读环境:甲虫大小的汽车、蚂蚁般的行人、玩具似的行道树……褶皱像骨节,将人类托向天空。

然而,一个显见的事实是,过多的阶梯永远会让人生厌。因为每一步,都不过是重复。这一级在重复上一级,下一级心安理得地继续抄袭……体力逐渐被平均十七厘米的阶高腐蚀,像钢铁被强酸慢慢溶解……早该领悟,楼梯伟大的使命仅在短短的一级之中就完成了。第一次抬腿,才是产生质变的跨越,推动人类从土地向天空的迁移,往后的所有迈步,无不是对第一级的量变式延续。就像抵达核反应临界值后,所有聚变都不过是链式反应下的顺理成章……

——衣着光鲜的褶皱,顺利实现对思想的挟持。

是汗水,就值得鼓掌。不再诘问,是否所有手可摘星的高度,都能在这种简易、反复的过程中获得实现。仅仅是重复自己,就足以认定,爬完楼梯,就完成了一座塔的高度。

听,楼梯上的跫音仍在回荡。五楼,对年少的我们真是漫长啊……每个人都气喘吁吁,不断攀爬,只为走到最高处,放飞仅有的梦想。

六

无法躲过褶皱的夹击。

穿越喧哗的商业区，秦淮河畔的乌衣巷还在等一只燕子，百姓家的屋瓦仅供凭吊，只剩青苔与雨水低喃，在旧路的裂隙里聆听时间的和弦。

远处，明城墙的砖石上烧砖窑匠的姓名依稀可辨，当习惯鼠标的手指触及这静脉般的凸起，跨越百年的指认才得以双击灵魂。

罗列文人的标配，永远有折扇的一席之地。褶痕均匀，扇面如峰，十六根骨柄间折进了秦时明月、唐宋传奇。

轮胎和鞋底绘满花纹，日日磨损，摩擦力随之式微，褶皱夜以继日地推演着永恒不变的物理公式。

失聪的童话里，悠扬的手风琴仍在胸前开合，音符在褶皱的琴身内熔炼成颤动的梦境，童年是一张失意时才想去翻阅的旧琴谱。

乐意在聚光灯下强调自己，秀场上，褶皱塔夫绸的上衣正艳冠全场；东方世界里，立体主义的追随者三宅一生仍在用特立独行的声音宣告——褶皱遍布的衣服，是人的第二层皮肤。

透过重症监护室沉默的玻璃墙，心电监护仪上规律起伏的绿色线条，是褶皱为生命创作的简笔画。

病床上，能环绕地球几周的血管盘亘于不足两米的人体内，五升血液奔涌激流；绕结腹腔的肠道上毛绒突起，仅我们的消化系统就拥有堪比网球场的壮观面积；肺泡层层叠叠的球状堆积密布深蓝的静脉，氧与碳在这里交换……所有通过褶皱完成的写实都在为医疗提出新的难题——像零件图里难以完成使命的一刀，药物，总难直击病灶……一切，都是褶皱在重申：你比自己想象的，要复杂得多。

没什么好奇怪的。别忘了，两千两百平方厘米的大脑就收束在我们尺寸见方的脑壳里。错综起伏的沟回里,它看起来那么小,相对时间和空间,不过是一条褶皱之隙——或者,就是褶皱本身——完全可以忽略不计。相比仍在无限膨大的宇宙,那条不断外扩的边境,是立在人与真相间、永远无法撤销的藩篱。

但,即便如此,智慧和欲望又是否有一刻停止繁殖?

七

哲学家帕斯卡说:"由于空间,宇宙便囊括了我并吞没了我,有如一个质点;由于思想,我却囊括了宇宙。"

授课二

多点发散联想，一个意象贯穿始终

这篇是我在写完《骨头的温度》《刺·畏》之后，为了完成"系列风格散文"理想而继续实践的写作成果。你会发现，在标题上我也特地取成了和《刺·畏》类似的模式，有谐音元素，也包含了全文最核心的意象"褶皱"。

这篇的创作理念和技法呈现与《刺·畏》基本一致，也是块状结构，也是多点发散联想，一个意象贯穿始终。但这一篇在内容上，我有意识地做了更大量的积累和联想，并且试图将毫无关联的意象进行连接，为了将逻辑理顺，我在语言表达上遇到了更大的难题和要求——比如，把"楼梯"所蕴含的褶皱哲思表达清楚，这对我的思考、逻辑提出了很大的挑战，在试图讲清这二者的关系时，我推翻重写了不下十稿——事实上，每一篇自己满意的文章，都是反反复复改出来的。当然，我最想说的还是，生活真的能给我们的写作带来非常多的馈赠，《骨头的温度》来自雕塑的联想，而《褶·宙》中所写的机械制图，也是我在大学里上过的课程。所以，留心生活、积累素材，作品和灵感自然而然就会找到我们，即便我们的学习生活是那么苦那么累，可是有一天你会发现，命运早已在不知不觉中为你埋下了日后足以惊叹的伏笔。

课后自习小站

1.看电影。电影中故事情节的推进、视角和场景的转换，有时候可以为我们的写作，特别是写小说，带来一定的启发。电影看多了，会更加明白什么是"镜头语言"，在潜移默化中推动你的写作，也逐渐充满画面感和动态感。可以选择那些大众化的、商业化的影片来学习它们是如何推进故事、塑造人物的（比如《复仇者联盟》，那么多各异的英雄人物，是怎样让人们分别记住的？），也可以选择那些小众的、剧情式的、文艺化的影片来学习它们是如何营造氛围、烘托情感的。

2.写日记。每天都要写，哪怕是只言片语，短短几个词，毫无逻辑的几句话，都可以。这样做的好处是：一来可以帮你建立每天输出一定文字的习惯，让头脑和思维处于一种书面表达的语言习惯中，不至于丢弃写作的惯性；二来以后回过头读一读每天的见闻、所思，会从中发现非常多可供写作的素材。

3.听音乐。有些优秀的音乐能非常充分地调动起我们的写作情绪，对进入写作状态有很好的催化作用。可以选择自己喜欢的影视作品的原声音乐，如久石让、坂本龙一、汉斯·季默等著名影视配乐大师的作品，往往音符中就自带画面，充满情绪；也可以选择古典音乐家，如莫扎特、贝多芬、巴赫、帕格尼尼等，他们的作品背后往往蕴藏着丰富的故事和人生经历，这也为我们的写作提供了潜在的素材。听听流行音乐更是何乐不为？只要能够帮你更快地找到感觉，调动写作的心境，这样的音乐就是有益的。

王君心的写作课

- 写作理念
- 写作现场
- 授课
- 课后自习小站

文学冠军简介：王君心，"90后"，中国作家协会会员，毕业于厦门大学。曾获第十四届和第十五届全国新概念作文大赛一等奖、第三届大白鲸原创幻想儿童文学"钻石鲸作品"、第二届《儿童文学》金近奖、第十五届《儿童文学》擂台赛铜奖、第四届"读友杯"全国短篇儿童文学创作大赛铜奖等奖项。作品散见于《儿童文学》、《少年文艺》（江苏）、《少年文艺》（上海）、《读友》等期刊，多次入选《中国年度儿童文学》《中国儿童文学精选》等书系，已出版《梦街灯影》《云鹿骑士》系列等十余部长篇小说。

 写作理念

为了那圆满一瞬的光而潜心雕琢

　　对我来说，写作的初衷更像是对生活的补偿。举个例子，我一直觉得自己的学生时代过得很"无趣"，每天都盼着不同寻常的事发生，在日复一日的等待中变得越来越难以忍受，于是着手设计了一些发生在学校里的故事——从十年前穿越来的教室、幽灵组成的学生会、把朋友离开前写的歌唱给平行世界的"她"听……文字和故事带领我离开日常生活，到达一个新的领地，在那里，有违常规的、难以置信的、不可思议的会变为真实，执念会盼来一个结果，遗憾会由巧合拯救，错过会变成另外一种美好的可能。

　　化缺失为圆满，化腐朽为神奇，写作有这样的魔力，谁不爱呢？可要把故事编得自然完整又不留痕迹，实在是太难了，所以写作的过程也是非常痛苦的。但当作品逐渐雕琢成形，闪烁出宝石一样美丽的光泽，那一刻，又会觉得一切都值得了。

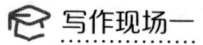 写作现场一

女巫来过梦里

一

我自己也不明白是怎么回事,最近几天放学后,经过学校附近的精品店,我总想走得慢一点儿,再慢一点儿。

我想多看看那些漂亮橱窗里的东西。软趴趴地坐在一起的布兔子一家、小鹿图案的布拎包、宝石一般紧紧挨着的多肉盆栽、绘着樱花花瓣的整套茶具——傍晚的余光落在光滑的茶壶边缘,仿佛随时要发出"叮当"响。

不知道是从什么时候起,这些小玩意儿对我的吸引力远远超过了其他事物。

也许是从班上的女生开始不约而同地换上新的手链和头饰的时候起,也许是从她们开始有意无意地炫耀新买到的文具和钱包,还有各种小挂件的时候起……当注意到的时候,我已经很难把目光从这些小物件上移开了。

今天傍晚,我终于忍不住,推开了一家精品店的门。

店里的香气仿佛一壶温暖的玫瑰花茶,从脚尖漫过头顶。我盯着那些好看得有些炫目的小东西:鲸鱼别针、雨滴手账本、花瓣印染的信纸……一时间竟有点儿发抖。

视线一偏，忽然，我看到了几个熟悉的身影，是同班的几个女生。我马上转过身去，可那些声音还是追了上来。

"快看，那是谁……"

"她怎么会在这儿……"

"看见她的头发没有？怎么能这么邋遢……"

我逃到店外，温暖的香气眨眼就让寒冬的风吹散了。我低着头匆匆走向前方的路口，正要和往常一样转过拐角，突然，我好像撞进了一个金色的旋转门里，金色的流光在眼前不断流转，可下一秒，我的脚就踩在了柔软的地毯上。

这里是……

我瞪大眼睛环顾四周，这是一个奇特的圆形的房间，不等我把房间里的摆设看仔细，就被不远处的一个身影一下子吸引了注意。

是一个"女巫"，一看她的样子你就懂了。

她戴一顶尖尖的宽檐帽，优雅的深紫色长裙犹如晨曦前的夜幕，幽光闪烁，亚麻色的长发下，露出一张笑意盈盈的脸——不知怎么的，看到她的一瞬间，竟让我回想起了早已过世的妈妈，尽管她们一点儿都不像。

"欢迎光临。"女巫说。她的声音很好听，像抚动花瓣的风。她站在一张柜台似的高脚桌后。

我咽了一口唾沫，正要发问，突然注意到高脚桌的另一边似乎有什么动了一下。我看过去，顿时吓了一跳——是、是一只黄褐色的毛茸茸的狐狸，眯着眼睛，冲我点了点头。

狐、狐狸……

我张大的嘴还没来得及合上，另一边，又一道影子闯入了视线。抬头看去，居然是一只扎银灰色领巾的大棕熊，他直立着，非常绅士地冲我鞠了一躬。

075

我不会是在梦里吧?

我眨眨眼,终于从嗓子眼里挤出了声音:"这是哪里?"

"这是一间咖啡厅,也是梦和现实交汇的地方。"女巫用欢快的声音回答道,"能来这里的,都是我邀请的客人。来,快请坐。"

一旁的熊侍者做出一个"请"的手势,我跟着他来到一张小圆桌旁坐下,看到菜单上的内容,不禁又瞪圆了眼睛。

松饼颜色的纸上,用圆圆的可爱字体写着——

茶
蔓越莓茶……5角钱
肉桂酸奶……5角钱
苹果烤奶……5角钱
…………

点心
黄桃芝士蛋糕……5角钱
巧克力甜甜圈……5角钱
枫糖汁华夫饼……5角钱
…………

现在还有这么便宜的店?

我点了一杯苹果烤奶,熊侍者很快就端上来了。烤奶盛在一个咖啡色的马克杯里,烤得微焦的苹果块、煮软的红豆和加了糖的热牛奶,喝一口,全身都暖起来。

女巫在我对面的位置坐下,熊侍者又端上来一个白盘子,盘子里是一份淋着枫糖汁的华夫饼。

"这是赠送的。送给第一次来的客人。"女巫对我微笑。

"谢谢。"我问她,"为什么邀请我?"

女巫没有马上回答,而是说:"我是一个喜欢在人的梦里四处游历的女巫,我去过很多很多人的梦里。有些人的梦漂亮得如初绽的玫瑰,有些人的梦却灰败得犹如落叶。你的梦,我很喜欢,所以我邀请你来。"

我的脸微微地烫了起来。

没等我应声,她又说:"有几个梦我印象特别深:那个森林里穿梭着白色鸟儿的梦,那个在图书室的走廊上看见粉红色泡泡的梦……"

她没有撒谎,这些都是我做过的梦。我不止一次想过,这些奇奇怪怪的梦,是我身上唯一色彩斑斓的宝藏。

苹果烤奶喝完了,我也没有了继续留下的理由。

我把一枚金色硬币交到柜台的狐狸那儿,女巫和熊侍者送我到门口。这时,一只黄色翅膀、红色胸脯的鸟儿不知从哪儿飞了出来,落在女巫的肩膀上。

"这是我们的厨师。"女巫笑着介绍,"她有些害羞。刚才的苹果烤奶、枫糖汁华夫饼都是她做的。"

女巫店长、熊侍者、狐狸收银员、知更鸟厨师——真是一家奇怪的店。我心里这样想,然后听见女巫轻轻地对我说了一声:"下次再见。"

那一瞬间,不知怎么的,我又想起了妈妈。

二

"学校要收练习册的钱,五十四块六,每个人都要交。"我站在玄关边上,对刚回到家的爸爸说。

"没钱!"他阴沉着脸,干净利落地甩过来两个字。

"明天就是最后的期限了,每个人都要交——"

我特意又强调了一遍,掩不住的焦急从声音里透了出来,像一点儿火星，把爸爸的脾气点着了。

"我说了没有就是没有，哪儿来这么多话！你就跟学校说，你家没钱，没有！"他说着，大力挥手，朝卧室走去。

我气得发抖，眼眶又酸又涩，可除了死死咬住嘴唇，什么办法也没有。我打开门，又用力甩上，从家里跑了出去。

爸爸刚进家门的时候，脸色糟透了，一看就知道是和什么人打牌又输光了钱。我本不该在这种倒霉的时候向他要钱的，可我说的是实话——明天就是最后的期限了。学习委员还特意跑来对我说，全班都交齐了，就差我一个人了。

又是我，每回都是全班都交齐了，就差我一个人——永远，我永远是班里最遭人嫌弃的那个人，永远是最后交钱的那个人，永远是只能羡慕别的女生的那个人。

那些精致可爱的发饰、手链，书包上的挂坠，对别人来说隔几天就能换一个新的，对我来说却是在幻想中才能拥有的东西。

一个连教辅材料钱都不肯出的爸爸，怎么可能给我钱去买这些"无用"的东西呢？

我漫无目的地在街上走，低着头，不知不觉间，竟又穿过了那道金色的旋转门，来到圆形的咖啡厅里。

"欢迎光临。"女巫站在柜台后，她脸上的笑永远和煦如春风。

我把手伸进口袋里，握住了仅有的几枚硬币。至少，在这家店里坐一晚上的钱我还是有的。

这天晚上回到家，我在客厅的茶几上看到了那一小沓钱，五十四块六，正好。

渐渐地，几乎每个晚上我都会去女巫的咖啡厅。

在那儿点一杯肉桂酸奶，或者苹果烤奶，把作业全部做完再走。

反正爸爸永远不会注意到我是几点回家的，不会关心我吃过晚饭没有，因为多数时候我从咖啡厅回到家里，他都还没回来。

对我来说，女巫的咖啡厅变得越来越像一个"家"。

熊侍者和狐狸收银员会轮流陪我背课文、背单词，帮我检查其中的错误。作业做完了的时候，女巫会在我对面的位置坐下，和我聊天，说说她刚游历过的梦。

她的脸上，永远是优雅的、温煦的、如风一般的微笑。

那笑像阳光一样，是会感染人的，和她在一起，我总想快活地说点儿什么，想展露笑容，想尽力表现得讨人喜欢。

最后一丝冬日的气息也散在了风里，春的序幕拉开了。

明天就是全年级春游的日子，往年的这一天，我总是想方设法地偷偷溜走——没有什么比被全班人撇在一旁更叫人难堪了。

可是今年，女巫执意让我参加，还说要帮我打理头发。

她让我坐到柜台后的椅子上，用一块白色的桌布把我的脖子以下都围了起来。她站在我面前，手握剪刀在我的刘海上"咔嚓、咔嚓"几下。

"好了。"

就在我快睡过去的时候，听见她说。

睁开眼睛，我看到了镜子里的女孩——这是谁？愣了愣，我才反应过来，这是我。这个长头发被整理得服服帖帖、露出一双明亮而羞怯的眼睛的初中女生，是我。

"比以前好多了。"女巫从镜子后露出脸来，笑眯眯地抚了抚我的头发，"女孩还是要打扮得好看一点儿呀。"

一盘刚出炉的曲奇饼干被摆到了桌面上，香喷喷的，是我见过的最可爱的图案，星星、铃铛和王冠。

"烤好了，明天春游的饼干。"熊侍者说。知更鸟站在他的肩膀上，不用说，这些饼干一定是她的杰作。

狐狸收银员也拿来了四个粉红色的玻璃瓶。"草莓布丁。"他瓮声瓮气地解释。

女巫拿出了一个透明的包装袋，一个四四方方、小巧的山樱图案的盒子——我做梦也想象不出这么美丽的图案。我们一起把曲奇饼干装进包装袋里，四瓶草莓布丁和小勺子收进山樱图案的盒子里。

"好了，明天你可以开开心心去春游了。"女巫拍拍我的肩膀。

她的话是成真的预言，第二天在森林公园，我刚从书包里取出山樱图案的盒子，就引发了一阵小范围的尖叫。

我和坐在周围的女生们分享了草莓布丁，几乎全班人都尝到了知更鸟烤的曲奇饼干。我敢肯定，那个小小的包装袋一定施了魔法，要不然，怎么可能不管拿出了多少，饼干都永远还剩半袋呢？

春游这天，是我很久以来度过的最快乐的一天。

升上初中以来，我终于交到了朋友。

三

我开始按照女巫教的，每天认真打理好自己再出门。

我发现女巫说的全是真的，没有耀眼夺目的装扮、没有色彩缤纷的发饰或手链，只要把自己整理得干干净净、清清爽爽，一样会招人喜欢。

我的朋友越来越多——同桌、前后桌、放学后同路回家的女生，我终于可以摆脱"怪人"的称呼，不再被所有人撇在一旁，忍受着各种各样的指指点点。

五月的校园文化艺术节，每个班都要表演一个节目，我们班定下了合唱。班主任和音乐老师商量后，决定挑两男两女共四个人，分别领唱几段。

领唱的人选先自愿报名，第二天的音乐课上再各自唱一首歌。

我也不知怎么的，竟然脑子一热，举起了手。

在我的记忆中，自己会唱歌，还唱得不错。可自从妈妈去世，爸爸不再管我后，我就再也没有唱过了。

音乐课上，一开始我还算发挥正常，可唱到音有些高的部分，我突然控制不住自己的声音了——它像一只失控的风筝般飞了出去——我唱破了音。

"哈哈哈哈……"几个后排的男生率先笑了出来，紧跟着全班都漫过一阵低低的笑声。

我红了脸，再也发不出声音来了。

领唱的最终人选会在第二天公布，可我知道，不会有我的份了。

放学后，刚走进女巫的咖啡厅，熊侍者和狐狸收银员就好奇地围过来，问我唱得怎么样——前一天晚上，我无意中和他们提起了领唱人选的事。

"糟透了。"我摇摇头。

"没关系，只是一次表演而已，以后机会还有很多。"熊侍者安慰我。

"就是就是，我们都知道，你唱歌可好听了。"狐狸收银员摇了摇大尾巴。

"你们都知道？"我下意识地揪住他的话问。

奇怪的是，被我这么一问，狐狸收银员像是说漏了嘴似的，慌得一下捂住了嘴，又急急忙忙补救道："你的声音很好听，我猜的、猜的。"

"在说唱歌的事吗？"柜台后的女巫问。

"嗯。"我们点头。

"好久没唱歌了……我说，我们现在就来唱，怎么样？"女巫忽然兴致勃勃地提议。

"好。"熊侍者应道。

"好啊好啊。"狐狸收银员也一阵点头。

女巫从柜台后的墙上取下一把木吉他,熊侍者也从同一个地方拿起一只小号,狐狸收银员拿来了一对响板——奇怪,我怎么不记得之前在这里摆放过这么多乐器呢?

女巫拍一拍手,知更鸟厨师也飞了过来,落在柜台上。

木吉他先响起了几声柔柔的和音,渐渐连成一段欢快的旋律。紧接着,小号的金色的音符汇了进来,再接着是响板,再接着是知更鸟银铃一般的鸣叫。

音乐伴奏下,女巫轻轻地唱了起来,她的歌声真好听,像山间的清泉,像树叶间的风。我不由得和着节拍,为他们拍起手来。

我很熟悉这首歌的旋律,却怎么都想不起来是在哪儿听过的了。每一句歌词,只听过一遍我就能牢牢记住,就像是从脑海的深处回忆起来。

唱完一段,女巫突然从背后轻轻地推了我一下,示意接下来该我唱了——

我一愣,像被人出其不意地推到了跑道上,不由自主地跟着伴奏,开口唱起来。我听见自己的歌声在圆形的咖啡厅里回荡,带着一点儿欢欣,好像又回到了小时候的某个时刻,我毫无保留地,想用音乐来描绘自己快乐的心情。

女巫、熊侍者、狐狸收银员、知更鸟厨师都看着我点头,有他们的鼓励,我唱得更自然更自在了。

唱完最后一句,伴奏停止,我们一起鼓起掌来。

"我就说你唱歌可好听了。"狐狸收银员第一个说。

"很好听。"熊侍者也说。

女巫笑着点头,知更鸟厨师飞过来落在我的肩膀上,啄一啄我的脸颊，像在为我鼓劲。

"谢谢，你们都好棒……"我发自内心地说。

让我没想到的是，第二天的早读课，居然有很多同学向班主任提议，让我再唱一次，班主任也答应了。

我站到讲台上，没有伴奏，把昨天音乐课选的歌又完整地清唱了一遍，这一次，我在全班的掌声里唱出了高音的部分。

班主任公布了领唱人名单，女生中的一个是我。

我激动得说不出话来，同桌的女生凑过来，对我说："也不知道是为什么，昨天晚上我好像梦见你在唱歌，唱得可好听了，就和刚才一样。"

我突然想到，第一次见面的时候，女巫就告诉我，她是一个喜欢在人们的梦里四处游历的女巫，会不会是她把我的歌声放进了班上同学的梦里？

这天傍晚，我选择了先回家。

我在爸爸打开门的第一时间告诉了他这个消息："我们班要在文化艺术节上表演合唱，而我是领唱之一。"

"哦，好事！"爸爸敷衍地说完，转身进了卧室。

果然是我想多了，不管我取得什么样的成绩，又或者变成什么样子，爸爸一点儿都不会在意。自从妈妈去世后，他就再没管过我，整个人就好像失了魂一般，至今都不愿走出消沉的心情。

我打开家门跑了出去。

四

"是你把我的歌声放进了同学的梦里，对吗？"咖啡厅里，我问女巫。

她没有回答，而是伸手握住了我的手。

"我带你去一些人的梦里走走吧。"她对我说。

圆形的咖啡厅像是玻璃上凝结的水汽一般，被轻轻擦去了。我看到朦朦胧胧的色彩，在四处淡淡地显现出来。

女巫牵着我的手，我们一起走在浅金色的风里，走过绿色的鸟群——它们的影子会开出皎洁的白色的花，走在月光下——目之所及是茫茫摇曳的青草，走过长长的夕阳——波光粼粼，星星跃起，溅了我们一身水花……

"好看吗，这些梦？"女巫问我。

"好看，好看。"我痴痴地重复道。

"我和你说过，我喜欢在人们的梦里四处游历。"女巫又说，"但其实，一开始，我就是从一个小女孩的梦里而来。是你给了我力量……现在，我想把这份力量带给你……"

在女巫的声音里，我看见了一个光线聚焦的舞台，舞台上的人，是……我。是我，在唱歌。

我恍然发现，我和女巫不知什么时候站在了舞台下的观众席里，人群中，我看见了一个熟悉的身影。

是爸爸。

他站在台下，出神地注视着台上的"我"。

"这是我爸爸的梦？"我问女巫。

她点点头。

我的心忽地动摇了一下。这一刻我终于相信，我爸爸，他心里其实是在意我的。有这一点就足够了。

在我自己都没注意到的时候，我已经松开了女巫的手，跑过去，握住了爸爸的手。

从舞台下的梦里醒来后，我就再也没能走进女巫的咖啡厅。无论在街头绕了多少圈,闭起眼睛祈祷了多少次,金色的旋转门都再没有出现。

"女巫店长、熊侍者、狐狸收银员、知更鸟厨师?哈哈哈,这是什么奇怪的组合……"听了我的讲述,几乎所有人都会这么说。

时间长了,甚至连我自己偶尔也会这么觉得。

直到有一天,我忽然心血来潮,整理了卧室里所有的抽屉。从衣柜的最底层,我挖出了一个圆形的饼干盒,铁皮盒子的边缘都锈住了。

饼干盒拿出来的时候,发出了"咔、咔"两声闷响,还有一阵"哗啦哗啦",听起来像是硬币的声音。

打开盒子,我一下子呆住了。

盒子里,是一只破旧的扎着银灰色领巾的棕色小熊玩偶、一个脏兮兮的狐狸挂坠、一只粗糙的知更鸟石雕,还有一大把金色的五角硬币。

我记起来了。

就在妈妈离开我和爸爸的那些日子里,在别的小朋友都嘲笑我是"没妈的孩子"时,是这些玩具陪着我度过了一个又一个漫长的夜晚。我记起来了,我常常搂着它们唱歌——咖啡厅里女巫唱的歌,就是我在那时候唱的。

可是后来,我长大了,开始不再依恋这些玩具,终于有一天,它们被我塞进了饼干盒子里,遗弃在最底层的抽屉里。

"对不起啊……"我看着它们说。

那么"她"呢?

我发疯地在家里找起来,翻遍所有的抽屉,打开所有的箱子、盒子……"她"在哪里,女巫在哪里?

就在我快要放弃的时候,我终于找到"她"了。

在一个多年不曾打开的箱子里,装着我的一些旧衣服。在我小时候最喜欢的一件紫色睡衣上,我找到了"她"。

睡衣左边口袋的位置,粘着一个做工粗糙的"女巫"布偶,粗糙到她脸上的表情只是用最简单的线条勾勒出的笑脸。

"我和你说过,我喜欢在人们的梦里四处游历。但其实,一开始,我是从一个小女孩的梦里而来。是你给了我力量……现在,我想把这份力量带给你……"

我记起了她说过的话。

在我最孤独最无助的那段日子里,我曾在梦里真切地幻想过,有一位法力高强的女巫会来帮助我,陪我一起度过寂寞的成长时光。

你真的来过了,不是吗?

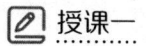 授课一

拓宽书写童年陪伴主题的思路

这个故事的灵感来自我小时候的睡衣上的图案——一个穿着华丽的小人儿。小时候,我有很多时间和她相处,我看着她,她也看着我。那时候,我就想为她写一个故事,或者,我觉得她背后有一个故事值得写下来。这个念头在脑子里存放了很多年,直到有一天,当我很偶然地再想起来的时候,发现不知不觉间,它已经和更多童年的事物联系在了一起,唤来了一个主题,名叫"陪伴"。于是故事的发展就顺理成章了——童年的玩具在多年后化身为另外的形象出现,帮助孤独的女孩找回自我。空有一个糖衣外壳的故事是经不起推敲的,这时候需要让笔尖透过表象,挖掘更深层次的意味:陪伴是双向的,"女巫"不是凭空出现,她的力量来源于女孩自己小时候的真挚和执着。写到这里,我才发现,在很多年前的"对视"中,意义就已经出现。只是很多年后,我通过书写追溯回忆,才真正把握住了它。

写作现场二

去旅行

一

邵小菲走在街道上。

暮春的风好像终于有了一点儿自己的脾性,变得硬气起来,吹得头顶上的梧桐叶"沙沙"地响,晃碎了满地的阳光。

邵小菲走得很轻快,脚下的每一步都传递出新鲜的感觉。

她侧过头,留意着街边的每一道橱窗。这条街上的橱窗装点得很漂亮:象牙白的门庭,锃亮的玻璃背后是精致的小洋装,目光温软的布偶小兔子,星星碎片一样流溢着光彩的项链首饰,花店鲜艳得宛如花园的一角。

这还是她第一次这样仔细地打量这个城市的街道。

邵小菲想象着,魏梓贤走在国外的街头,是不是和此刻的她怀有同样的心情——新鲜而又好奇。

不,不会一样的。邵小菲很快又想到,魏梓贤应该会和她儒雅的父母一起,在橱窗间走走停停,买下一些特别的旅行纪念品。而不是像她一样,心里还有一个非去不可的目的地,还有些紧张和忐忑。

魏梓贤是邵小菲的同桌,一个再标准不过的本地女孩。

魏梓贤的父母都是大学教授,常常受邀访学国外,所以魏梓贤经常有机会和父母一起去国外旅行。

第一次见到魏梓贤的那天,她刚从欧洲回来。

那也是邵小菲转入这所学校的第一天。一进教室,她就注意到一个角落里挤满了女生,她们热闹地讨论着,语气里微微扬起的兴奋散落得满教室都是。

她很快又发现,这些女生都围着座位中央的一个人。那是一个打扮得很精致的女孩子,梳理得当的刘海下露出一张光洁的、巴掌大的小脸,唇色红润,正生动地展示着一个明艳的笑容。

让邵小菲没想到的是,这个女生后来成了她的同桌。

"你好,我叫魏梓贤。"

刚坐下,女生就很大方地打了声招呼。

"你好……"

邵小菲只说了这么一句——刚才在讲台上她已经介绍过自己的名字。

出乎意料的是,新同桌紧接着问:"你喜欢吃糖吗?"

"嗯?"

没等邵小菲反应过来,魏梓贤就笑嘻嘻地把一颗软糖塞到了她手里:"送给你,算是见面礼,玫瑰味的土耳其软糖。"

到了第二节课的课间,当女生们又"呼啦"一下涌过来时,邵小菲才知道魏梓贤给的"土耳其软糖"真的是在土耳其买的,她刚刚结束了在欧洲的旅行,给班上同学带回了不少纪念品。

"梓贤,再和我们说说欧洲是什么样的吧。"一个女生说。

"好啊,让我印象最深的是新天鹅堡……"魏梓贤不紧不慢地说着,像在回忆当时的情景,"那真是童话里的城堡,高大、庄严、气派、精致,青蓝色的塔尖,白色的石墙,错落的小窗,周围是秋天的树林,还能看见终年积雪的阿尔卑斯山和碧蓝色的湖水,简直像一幅小巧的油画别在晴空下……"

女生们不知什么时候都安静下来，出神地听着魏梓贤的讲述。邵小菲也不作声地听着，但她的心始终"怦怦"直跳。

她不知道有这样一个同桌对她来说究竟是好事，还是坏事。

魏梓贤送的糖她过了很久才吃，醇厚细腻的口感是她平时不太能吃到的。

邵小菲看过《纳尼亚传奇》，她深刻地记得冰雪女王就是用"土耳其软糖"蛊惑了爱德蒙。她不由得忧虑，像魏梓贤这样公主似的女生，对她这个从乡下来的转校生，究竟是不是像表现出来的那样满怀善意。

幸好她的担心是多余的，魏梓贤对任何人都非常友好和亲切。在邵小菲看来，"魏梓贤"就像是这个城市本地女孩的代名词——家境优渥、外貌姣好、浑身透着瓷娃娃般玲珑剔透的贵气。

她还很聪明，出去旅行了近半个月，功课居然一点儿没落下，小测总能考前几名。英语尤其好，口语是邵小菲想都不敢想的自然流畅。

在这样的同桌身边，邵小菲时常感到喘不过气来。

她的样貌是那样普通，每天照镜子越看越觉得自己土里土气的。文具摆在课桌上，和魏梓贤的形成了鲜明的对照，常常让她没来由地红了脸。

最让邵小菲紧张的是学习。在原来的学校，她的成绩不算坏，可转到这个大城市的新学校，她的一点儿小聪明似乎完全不够用了，老师讲课的速度总是让她感到心惊肉跳、手忙脚乱的，往往刚记熟了一个知识点，同学们已翻到下一页了。

二

穿过一个十字路口，街边像变魔术似的，翻出一栋漂亮的小洋楼。

黛色的屋顶倾斜着，爬满常春藤的墙面上深嵌着竖长的窗框，黑暗逼仄的小阳台盛满了阳光，像一首小诗一样轻盈而明亮。

邵小菲不由得放慢脚步，多看了这栋小楼几眼。

在魏梓贤的讲述中出现的那些国外街道上的小屋，会和这差不多吗？

其实在这座城市里，这样的小洋楼随处可见，这也是邵小菲觉得最神奇的地方之一——这个城市有数不清的摩天大楼，它们往往到了深夜还灯火通明，仿佛彻夜不眠。也有这样安静温婉的小楼，像甜蜜梦境的栖息地。还有更多普普通通的平房，纸盒一样毫无特色。

邵小菲就住在这样一个地方。

本地人管这样的地方叫"弄堂"，藏在高楼、层层晾衣竿和淌着水的衣服底下，阳光很难透进来，道路总是湿滑阴冷，要很小心才不会摔倒。几户人家共用一个厨房和卫生间，早晨和晚间总能听到几声不爽利的抱怨。

邵小菲很害怕在这两个地方碰见她妈妈，每次她都会变成一个邵小菲不认识的人，阴郁的情绪在她脸上扭动，嘴里阴阳怪气地说着些意味不明的话，这时候邻居家的阿姨也会不客气地把厨具摆弄出很大的声响。

每天邵小菲都早早地离开这个地方去学校，可似乎她越想摆脱这个住处的阴影，就越是甩不开它。

转学一个星期后，她就隐隐地听见女生中间有人说她身上有股难闻的味道。

听到这句话的邵小菲心里一惊，脸上顿时不受控制地烧起来。她下意识地低头，想闻出自己身上的味道，是弄堂里那股阴冷潮湿的霉味吗？她臊得快掉下眼泪来。

魏梓贤一定也听到这句话了，可她非但没避开，反而凑到邵小菲身边来，笑眯眯地在邵小菲眼前摊开手掌。

在她手心里，静静地躺着一个"糖纸小人儿"——用玫瑰色的玻璃糖纸折成的小人儿，只有一块橡皮大小，闪动着亮丽的光泽，几乎让邵小菲挪不开眼睛。

她知道这一定又是魏梓贤从国外淘回来的小玩意儿，她常常从口袋里掏出一些邵小菲见都没见过的漂亮东西，像一个全身藏满了宝藏的女巫。

"给。"果然，魏梓贤说，"在童话之国丹麦买到的糖纸小人儿，送给你，谢谢你昨天帮我提水啦。"

"不用了……"邵小菲小声说，"只是提水而已，算不了什么……"

昨天下午卫生大扫除，邵小菲看见魏梓贤提着一桶水上楼，显得很吃力的样子，想都没想就走过去抓过把手，提到教室里来。

不过魏梓贤的体质也真是差，那么轻的一桶水提起来都那么费劲。邵小菲想起来，好像体育课的时候，魏梓贤也很少跟他们一起跑步、打排球什么的，总是一个人打着一把太阳伞，远远地站在边上。

"只是一个糖纸小人儿而已，看，我也给自己留了一个。"魏梓贤说着，摇了摇另一只手里浅紫色的糖纸小人儿。

"真的不用。"邵小菲坚持道，"要真的谢我，你再和我说说你在欧洲看到的东西吧。"

邵小菲拒绝了很多次魏梓贤的小礼物，她觉得，既然自己没有什么相应的东西可以给魏梓贤，就不应该随随便便拿人家那么多东西。

不过她却很喜欢听魏梓贤讲她在欧洲的旅行见闻，大概是因为从小到大，除了转学，邵小菲还从没正儿八经地出去旅行过吧。

就连这个新城市，她都没有好好地转过。

"好啊，你想听什么？"魏梓贤问。

"就……"邵小菲有点儿被问住了，"说些普通的街景也好啊，和我们这儿很不一样吧？"

魏梓贤点点头："可以说完全不一样。我在丹麦买到这两个糖纸小人儿，在它的首都哥本哈根，房子的颜色像糖果一样，天蓝、嫩黄、玫红、鸽子灰……黛青色的屋顶尖尖的，嵌立着有窗台的窗框，顶上还有四四方方的小烟囱……"

"在德国的巴伐利亚，到处都能看到有着洋葱般圆顶的教堂，黄色的大房子布满窗格，窗台上是满满的巴伐利亚小红花……维也纳的街头总能看到雕塑喷泉，永远伴随着音乐……伦敦的街道就沉闷多了，看上去都是旧旧的、暗黄色的墙……巴黎……"

真好，邵小菲安安静静地听着，都是和她生活的角落完全不一样的景象。

那是一个包裹在梦幻的玫瑰色玻璃糖纸里的世界，新鲜而明艳，似乎藏着一切生机，藏着无限的可能。

她真羡慕魏梓贤，看过走过那么多的地方。会不会有一天，她也能亲自踏上这些异国的街道呢？

这天晚上，临睡前整理书包的时候，邵小菲在课本底下碰到了一个脆生生的东西，她心里一动，取出来，果然，是那个玫瑰色的糖纸小人儿。

一定是魏梓贤故意塞进来的，她知道。

糖纸小人儿散发出迷人的光泽，和她沉闷的房间格格不入，邵小菲不由得在心底叹了口气。

三

地铁站比邵小菲想象的要清冷得多。

她平时都是步行上下学，转学后还没有机会坐一次地铁，但在电视上看到过很多次地铁车厢里熙熙攘攘、人满为患的画面。

因为是工作日的缘故吧，邵小菲猜测。

离她住的地方不远处就有一个地铁站，但邵小菲故意兜了一圈，选了一个远一点儿的地铁站开启旅行的后半段。

她想好好看看这个城市，把走过的街道当作是完全陌生的地方，让这次出行更有旅行的感觉。

但她最终要去的地方光靠走是不行的，就算坐地铁也要近一个小时。

买票并不难，邵小菲很快就通过安检，踏进了空荡荡的车厢。放眼望去，只有少数长椅上有人零星地坐着，车厢是白色的，像落了雪的早晨，寂静、空落。

车门在身后合上了，列车开动，尖利的口哨般的长鸣"呜呜呜"地从头顶上滑过。邵小菲在最近的空位坐下，想象着魏梓贤搭乘的"雪国列车"，会不会和眼前的景象很相似呢？

新学期，魏梓贤又和她的父母出国旅行了，这一次他们去的是日本。

"我们在北海道搭了'雪国列车'，真是太美了，车环'叮叮咚咚'地响，车窗外是蔚蓝的天际和一望无边的雪野。那雪真是纯白色的，没有丝毫不干净的地方，温柔地覆盖着一切，像棉花糖一样，边上有点点金色的阳光，就像蜂蜜……看到那幅景象的瞬间，好像整个世界都安静了……"

可眼前地铁的车窗外，只有不断闪现的广告牌。列车在黑魆魆的隧道里穿行，邵小菲想象着它会冲上地面，将梦境一样的雪景铺开在她面前。

她知道这是不可能的。不过没关系，她想，我现在也是在旅行了，到达目的地后，总能看到不一样的风景。

魏梓贤从日本回来，和之前一样带回了一大堆纪念品。精致得犹如艺术品的和式点心，做成圆月、花瓣、小兔子的形状，让班里的女生们直呼可爱，舍不得吃。

邵小菲尝了一片据说很有名的"白色恋人"饼干，奶油融化在嘴里的滋味像最干净的雪一样轻盈而美好。

她很想再尝一片，魏梓贤拿出了一整盒送给她，但她强忍着拒绝了。

放学后，几个女生说要去魏梓贤家拍日式大头贴，魏梓贤向她发出邀请的时候，邵小菲心动了。

魏梓贤从日本带回来的东西里，有她在日本拍的大头贴。

"哇哦，我看过我表姐拍的大头贴，比这种小，以前好像很流行拍这样的照片。"一个女生说。

"现在在日本还是很流行呢。"魏梓贤说。

照片上的她穿着日式校服裙，头上戴着黑色的猫耳朵，"举爪"做出猫咪一样卖萌的动作，笑容灿烂，眉眼弯弯，可爱得简直不像现实世界里的人。女生们看了都纷纷表示也想拍。

"其实这在我家里也能拍出来，用PS（指用Photoshop软件对照片等进行修改），我家里有打印机。你们要不要来试试看？"魏梓贤笑着说。

"真的吗？"

"我要去！"

"还有我……"

女生们争相说道。

"小菲，你来吗？"魏梓贤看着邵小菲问，"我还在日本买了卷发器，卷个一次性的刘海，包你变漂亮哦。"

邵小菲心动了，这么多女生都去，加她一个也没什么吧？

想好了，她冲魏梓贤点了点头。

没想到，就是这次拍的照片，在她的生活里引起了轩然大波。

魏梓贤给每一个拍照的女生都上了一点儿妆，用卷发器卷了头发，邵小菲当然也不例外。看着照片里不同于往常的自己，她还有些兴奋，万万没有想到这些照片会让妈妈看见。

"我供你上这么好的学校，你不好好读书，给我整这些乱七八糟的！"

妈妈颤抖地把照片撕得粉碎，闹去了学校。

她在办公室里和邵小菲的班主任吵，说小菲在原来的学校一直是个好孩子，成绩也比现在好得多！怎么到了新班级，不仅成绩退步了，还敢卷头发、化妆，拍些乱七八糟的照片，心思都没有放在学习上……

妈妈吵架的架势可怕极了，横眉竖眼，唾沫横飞，可怜的班主任一点儿还嘴的余地都没有，惹得路过的人纷纷往办公室里探头探脑。

"邵小菲，你妈妈可真厉害……"几个男生经过办公室，回来嬉皮笑脸地对邵小菲说。

一整天，邵小菲都把头埋在臂弯里，趴在桌面上不想抬起来。

她恨她妈妈，恨她不仅撕碎了照片，还一把撕碎了她原本平静的生活，让她以后怎么面对学校里的同学，怎么面对魏梓贤？她的妈妈是一个乡下来的泼妇，他们一定从心底里瞧不起她。

她不想来上学了。

第二天，邵小菲实施了自己策划已久的"旅行"。她从早上出发，先走路看看街景，再搭乘地铁，去这个城市著名的高塔上转一转。

四

进入高塔的门票花光了邵小菲所有的零花钱。

她查过攻略，知道确切的价格，但在售票员把零散的钱全部抽走，递回来一张薄薄的纸片时，她还是忍不住轻轻吸了一口气。

作为知名景区，这里理所当然地挤满了游客。等待检票的队伍很长,可以预见接下来她都要挤在一大群游客里,但周围浮动的各式各样的外地口音,反倒让邵小菲放松下来。

自从搬到这个城市,她总感到拘束,住的地方拘束,在学校里拘束,走在街上也拘束。她明明在每天上学放学的路上,也可以好好打量周围的街景的,但她就是莫名地……抬不起头来,只想低头走得快一点儿,再快一点儿。

高塔里没有邵小菲想象得好玩,无非就是各种高科技产品的陈列展示。从高空俯瞰整个城市,也没有想象中的那种激动和亢奋,但她也不觉得失望。

这个城市看起来真的是不太干净的,明明有阳光,却一点儿都不真切,灰蒙蒙的,浮动着一层土黄色,让底下的每一栋建筑都显得灰头土脸的,像很久没擦过的玻璃窗一样,灰尘的味道直扑到鼻尖上来。

邵小菲想象着魏梓贤看过的那些国外的城市,一定是一派明媚和生机盎然。在簇新的阳光底下,精致的小洋楼错落地排开,尖尖的屋顶透出一股英气,玻璃窗里映出湛蓝的天,窗台上五颜六色的小花像画布上细致的手工刺绣。

可这些,都只存在于魏梓贤的世界里,于她,就只能是想象。

时间不过是下午,邵小菲想留到晚上,看看城市的夜景,没准儿会有一些新的发现。

傍晚,她有些饿了,这才想起来除了早晨那个干瘪瘪的馒头,一整天她什么都没有吃。可她在高塔里的餐厅和纪念品店转了转,全都是她买不起的昂贵食物。

这时她忽然在人群里瞥见了一个熟悉的面孔。

起初她以为不过是长得比较像而已,但看清楚之后,对方明显和她对视了一眼,随后就朝着她这个方向走来。

"你胆子可真大,居然一天没来上课,你妈妈都找到学校来了!"

魏梓贤说,她脸上没笑,可声音里全是笑意,眼神清亮。

"你……"邵小菲有些愣住了,不知该说些什么,"你是来找我的?"

"是呀。"

"你怎么知道我在这里?"

"我偷看了你桌洞里的日记。"

"啊?"

魏梓贤回答得这样迅速,没有一丁点儿隐瞒或不好意思的样子,让邵小菲吃了一惊。

"那……那我妈妈……"

"放心,只有我一个人看过,我把你的日记本带出来了。"魏梓贤说着,有些得意地晃了晃自己背后的书包,"所以呢?还有时间,我们再一起逛逛?"

没有任何反对的理由,邵小菲迟疑一下,点了点头,"好。"

两人一起向观光台走去,邵小菲不由得想,魏梓贤一定来过这里无数次了。"你是不是在想,我一定来过这里无数次了?"魏梓贤突然说,吓了邵小菲一跳,她条件反射地点点头。

"其实我也是第一次来这里。"

怎么会?邵小菲没说出来,但惊讶全写在了脸上。

不知道是不是错觉,她觉得今天魏梓贤的脸似乎苍白得过分了。

"抱歉偷看了你的日记,我没有你想象得那么好。"魏梓贤又说,"其实我很羡慕你,有着那么健康的身体,总有一天,你可以想去哪里就去哪里。其实我……"

她忽然停下,不说下去了。

邵小菲好奇地看着她,不明白她刚才说的那一番话是什么意思。

"我要告诉你一个惊天大秘密,一个狠狠揭穿我自己的秘密。不过在那之前，我想先挑战一下我自己……"

魏梓贤说着，转过头去，向着脚下透明玻璃的观景平台踏出一步、两步……然后邵小菲看着她全身战栗起来，没等邵小菲反应过来究竟发生了什么，魏梓贤已经倒在地上，昏迷了过去。

邵小菲在医院里见到了魏梓贤的父母。

她的爸爸妈妈确实是大学教授，但魏梓贤从没有和他们去国外旅行过。她患有先天性心脏病，两年前做的一次手术没有成功，之后又接受了两次手术，每次她声称自己出去旅行，其实是去住院了。

她带到班上的那些所谓的"旅行纪念品"，全是网购来的，在日本拍的大头贴是她自己在家里用修图软件做的。

没有出国旅行，没有漫步在异国的街道，没有新天鹅堡和雪国列车，魏梓贤甚至不能站在太高的地方，她连坐飞机的能力都没有……所有的一切，都是她用想象和行动布置出来的一个虚幻的童话。

"整个世界都安静了，我闭上眼睛，感受着阳光和雪混杂在一起的清新的气息，觉得这个世界真美好，有那么多美丽的景象等我去看见……"

邵小菲想起魏梓贤在说"雪国列车"时最后的描述，她微微地眯起了眼，脸上是真切的感慨和动容。

第二天，魏梓贤醒来了。

"现在你知道我的秘密了，你可以骂我是大骗子了。"她看着邵小菲说。

邵小菲摇摇头："你不是骗子。"

"我不想让你们知道我的病……"魏梓贤说，"每一次住院做手术，我都把它想象成一次旅行，想着想着，连我自己都当真了。"

邵小菲走过去，握住魏梓贤的手："等你好了，我们一起去旅行吧。去哪里都好，很近很近的地方也行。"

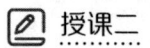 授课二

用想象去"包装"日常

小时候在电视上看《樱桃小丸子》,小丸子给爷爷过生日,带他去"世界旅行"——参观"埃菲尔铁塔"就是去玩具店看模型,欣赏"尼罗河上的日落"是在小镇桥上看夕阳……这一集给我的触动很深,让我发现经过"想象"的包装,再寻常的东西也能变得很有意思。这份触动就像一瞬间的火花,埋伏在记忆里,等待后续的一个契机来点燃它。我找到了一个腼腆、内向、从乡下来到城里的女孩接过这个想法,同时,"真实"和"虚假"的反向对立又牵出另一个站在对立面上,积极、外向的城市里的女孩,就有了这个故事。记得有一种说法是,人绝对无法想象出他从未看过、感受过的东西,也就是说,所有的创造和创新,实际都是老树上新发出来的芽。珍惜一切触动你的感觉、事物,也许有一天它会像种子发芽一样破土而出。

课后自习小站

想推荐几种在日常生活中有利于提升写作能力的其他途径给大家，例如：散步、购物、看电影、去餐厅吃饭、到咖啡厅坐一坐……一个人或和朋友一起都可，秘诀是心情一定要明亮而且愉快。对我来说，平和的心境有助于把握转瞬即逝的灵感。

黄厚斌的写作课

- 写作理念
- 写作现场
- 授课
- 课后自习小站

文学冠军简介：黄厚斌，笔名黄守昙，1994年出生于广东汕头，青年作家、编剧，复旦大学创意写作硕士，现任教于广东财经大学华商学院中文系。曾获第十一届台湾林语堂文学奖首奖、第十三届澳门文学奖短篇小说公开组冠军、第四十五届香港青年文学奖季军、水滴科幻文学奖二等奖、南京大学重唱诗歌奖等奖项。作品发表于《上海文学》《萌芽》等期刊。

 写作理念

用虚构的乐趣抵消生活的沉闷

小学五年级的时候,家里搬迁,从新家到学校需要坐车,为了省下车钱买袋装汽水,我和姐姐决定每天走半小时回家。这段路程在我们不大的足掌下,显得遥远和无聊,我开始编故事给姐姐听,怕她嫌弃,还撒谎说故事是从别人那里听来的,根据姐姐的表情,我也时不时调整故事的转向,故事得以在我的口头上连载了一段时日。大概这就是我写作的起点,从那时起,虚构带来的乐趣已经可以抵消我生活的沉闷。

因为有这点儿乐趣,在某些痛苦的人生时刻,写作也能引渡我们走过黑暗。如木心所言:"一个字一个字地救出自己。"此时写作还是个人的,服务的是我们自己,仅仅是自我消遣或者抚慰的形式。当我们试图走向职业化的写作道路时,写作就应该面对读者了。我认为应该以讲好一个故事为基础,历数文学史上的经典小说,大部分都是通过故事努力地与读者对话。

任何小说都是"形象化了的哲学",如果我们的小说不完成形象化的工作,读者为何不去读哲学呢?我们大可把生活比喻成原奶,小说写作者将之消杀,提炼成奶粉,那大概就是"哲学"精华一类的事物,而故事是水,通过大量故事的稀释和冲泡,奶粉化成牛奶,读者才好入口。作为写作新人,我们只能不断提升这两道技艺。

> 写作现场

走仔[1]

　　下午五点四十，太阳还没有疲态，明晃晃的，阳光在写字楼的玻璃墙之间互相照射。从城中心，坐上羊城地铁二号线，一路经过东晓南、南洲、南浦，才能抵达广州南站。这个月，吴文霞已经是第二次来南站——这次她不得不回家了。她的家，就在几百公里外的一个小城。

　　人们提起小城，就会说起小城的男人做生意厉害，而女人，则是出了名地"贤惠"，人们都说这里的女子最值得娶。吴文霞的母亲本不是小城的，她是嫁过来的，也早就听说小城的女人"贤惠"——男人吃完饭，女人才可以上桌。好在她聪明，学得很快，勤劳做家事，时不时去接些工来做——刺绣、绞花样——这也是女人的传统手艺活。终于熬到公公婆婆去世，吴文霞的母亲又开了一间小铺，生意日渐兴隆。没几年，吴文霞的父亲发现自己挣得还没老婆多，索性辞了原来的工作，夫妻同心，把铺面做成了门店，门店又开了分店。女人们夸她育夫有术。

---

[1] 走仔：小城方言，意为"女儿"，"走"意思是"跑"，"仔"意思是"儿子"。

吴文霞的母亲劳累了半世,直到身体吃不消了,才决定退居二线,把生意交给丈夫管理。女人们又夸她急流勇退,担得起"贤惠"二字。

即便奔于事业,小城的女人也是要生儿育女的,这是女人们的正职。吴文霞的母亲生了三个孩子。吴文霞是家中的老二,有一个姐姐大她五岁,还有一个弟弟小她一岁。父母给他们点数的时候,她就是"一二三"里的"二"。二,是个中间数,不首也不尾。

那时候,吴文霞的母亲要一边做生意一边带孩子。有时被三个孩子闹烦了,就会拿一包糖让他们自己分掉。通常,大姐都会带头把糖倒在桌子上,均分成三份,一人一份,要是刚刚好分完,那就天下太平,各自把糖藏好;最烦的是多出一颗来,母亲会出面做主,她头埋着,手指"噼里啪啦"地敲打计算器,眼睛都不抬一下,说:"给老大吧,她最大,她带你们,最辛苦了。"又或者会说:"给弟弟吧,他最小了,你们要疼他。"

每一次,吴文霞都期待着,母亲能不能有一次说:"分给老二吧——老二嘛,老二总归是……总归是……"

总归是什么呢?

其实吴文霞就是想听这个,母亲究竟会怎样描述我呢?

吴文霞真正要的,其实不是那颗糖。有时候分糖分到最后,还剩下两颗糖,大姐会说:"那我不要了,给弟弟妹妹吧。"母亲就会夸她乖、懂事、有做姐姐的样子,然后从棒棒糖的架子上拔下一根彩色包装的糖给她。吴文霞心里不大开心,但身为老二,连奉献的机会都没有。好在糖还是够甜的,吴文霞嗫了嗫糖果,心情一下子就好了。可偏偏就这么一刹那的不开心,还是被母亲在百忙之中瞥见了,母亲认为她有一个容易嫉妒的"性格",她更得不到疼爱了。

在她的少女时期,她经常躺在鸭仔铺上层,背下的床板被弟弟的脚蹬着,怎么说他都不听,骂也骂得没意思了,只好皱着眉头望着天花板,想东想西:唉,大姐嘛,大我五岁,好歹也被爸妈疼了五年,而我只被疼了一年,弟弟就出生了。而且那一年,又是襁褓里无知无觉的一年,什么记忆也留不下来的——我真的有被如珠如宝地疼爱过吗?

天色慢慢沉下来,广州南站人海茫茫。吴文霞坐在一群孩子中间,有四五个,看他们踩在凳子上吵闹,在他们旁边,有个肤色黝黑的女人坐在蓝白红条纹相间的尼龙袋上,看来是孩子们的家长。她一脸疲惫,似乎快要睡着了,直到一个男人靠近,她才强打精神说一句:"怎么去那么久?"听上去也是小城的方言。那个男人含糊地回答她:"抽烟嘛。"女人骂道:"抽烟!抽烟!就知道抽烟!"

几个孩子还在四周野玩,女人已经挨了男人一巴掌,一缕头发垂到额前。吴文霞不忍看下去,只好把脸转向一边,检票处上方的灯牌显示,自己那趟车已经从"等候列车"变成"正在检票"。女人、男人、孩子,一窝蜂地挤往检票处,好像刚刚什么事都没发生。等检票口把人龙慢慢地吃掉,吴文霞才站起身来,拖着行李箱排队进站。

吴文霞想起大半个月前,她也曾站在这里送走母亲。那天,她把母亲送进检票口,就在那一刻,她胸中的一口郁气终于被吐出来,就像一个蓄满的水库终于放了闸。可是,也就在那一刻,母亲竟然问检票员说:"我走仔不能进来送我吗?"检票员面无表情地说:"不行。"

吴文霞说:"回去吧,到了告诉我。"母亲的眼睛红红的,缩了缩鼻头,转过身的时候,她用手背一把抹过了眼睛。虽然她没有发出声音来,但是吴文霞知道,母亲哭了。

车开动了,滚动更新的数字,逐渐加快抛离的窗景,意味着列车不停在提速,而人的感觉就因此显得迟滞。看向窗外,行进的列车,好像与整个世界都保持平行,似乎它本身就是地平线——只要不往深处看去,没人会发现绵长的车身已经转弯了。

以前读大学的时候,吴文霞回家要坐高速大巴花上七个小时,一旦放大假,尤其是清明,省港的人纷纷回家乡祭祖,那一条高速公路,从头塞到尾,堵十几个小时都是有的。可如今,列车的时刻表清清楚楚,一程下来,满打满算也只要花两部电影的时间。高铁开通的那天,在外务工经商的小城人都欣喜不已,只有吴文霞心里想:唉,以后不回家的借口又少了一个。

吴文霞已经二十六了,去年过年家族聚会的时候,她成了亲戚长辈们的靶子。坐在她身旁的姑姑牵着她的手,说女人要趁早生孩子;堂弟媳说自己有一个表哥还没结婚,要不认识看看;喝醉了的堂哥在桌上一边抽烟,一边喊着:"早就可以嫁了!"吴文霞应付着,眼珠却飘向母亲,以前母亲都会帮忙打圆场说:"她就是不着急,我又有什么办法呢?"可那年她没有。她背过脸去,说了一句:"你要是不结婚,等你弟弟读完研究生怎么办?总不能他比你还早结婚吧?多不好看啊。"

吴文霞坐在椅子上,就好像坐在受审席上。她只好笑嘻嘻地对着弟弟说:"你自己想好了就结,也不用管我的。"弟弟尴尬地笑了笑,说:"还没呢。"母亲却对他大喊:"什么还没!我找人算过的,你是二十六结婚最好,你姐二十二岁就该嫁人了。"母亲说着,竟然甩了吴文霞一个白眼,又朝着她说:"现在好了,当初让你嫁,你死活不嫁!你看你今年还不赶紧婚,你看!是不是影响你弟弟结婚了!"亲戚们看她有点儿激动了,就开始打哈哈,吴文霞也不看母亲,只是跑去包厢的厕所洗了个手,回到餐桌上,男人们又聊起了生意上的事,女人们在交换孩子们学校的信息。一切又好像都没有发生过,生活总归是要继续的。

在列车上待了两个多小时后,吴文霞从小城的车站出来,然后坐上了接驳大巴,一路下来她其实很困,但就是睡不着。那天送走母亲后，大约过了一个礼拜，父亲就打来电话说："你母亲去医院检查，说是子宫有问题，你什么时候回来？"吴文霞问："是什么问题？什么时候的事？"父亲的语气很冷淡，说："上周查的，这周复查出来，是子宫肌瘤，可能要做微创，不会太严重，但你要来看你妈，免得别人说闲话。"

吴文霞听着，却对父亲的话感到生气，什么叫别人说闲话！她是我妈，我当然要回去的！别人说不说闲话我都要回去的！好嘛，上周查的，这周才来告诉我！你有当我是这个家的人吗！气愤的话能有一肚子，说出来的，却只有一个"好"字。

一到小城的城区，吴文霞径直打车去了妇科医院。医院的过道塞满了床位，时不时有几声痛苦的呻吟响起。在找病房的时候，吴文霞恰好看到了父亲，他从病房出来打水，两个人四目相对。父亲眼里有着几分怒气，像是在埋怨她——为何这么晚才来？假有那么难请吗？直到看见她巨大的行李箱和干瘦的手臂，他皱眉下的那股愠怒才勉强消去。他们没有对话。吴文霞把行李箱搁在过道上，她听到母亲在病房里的笑声，她应该正在和隔壁床的人聊天。她推开门，母亲看到她，说："回来啦。"

"是的。回来了。"

吴文霞大学毕业后，就留在广州找工作，父亲一开始不在意，只是想让她在外面试一两年后，再回家找个老实的本地人结婚。可吴文霞这一试，就是四五年，她从一家广告公司跳槽到一家会展策划的公关公司，在父母看来，总归都是抛头露面的工作。父亲经常说："你一个女孩子在外面，喝酒应酬怎么办？"吴文霞就回他："反正我也生得不好看，没有人会对你这个走仔动心思的！"吴文霞每次都是这样生硬地搪塞过去，好在也没出什么事。末了几次，父亲辩不过她，就说："你还听你爸的话吗？我还是你爸吗？"吴文霞只好沉默以对，但她也没有丝毫退让。自此之后，父亲也就不再说她了。

吴文霞坐在母亲的病床边，她的头发散开了，脸色微红，是那种睡多了的红。吴文霞问："还好吗？""还好，你爸照顾得好。"母亲牵着吴文霞的手，准确地说，是摸着她的无名指。母亲还时不时地用自己的婚戒，蹭她指节上的绒毛。吴文霞一脸平静，说："医生允许你戴戒指吗？"

母亲正夸着父亲对自己无微不至，突然被女儿打断，有点儿不大开心，但也只是喘了口气，说："还不是戴给你爸看的。"她拉吴文霞凑近自己，轻声地说："我不是一开始就跟你爸说我不做手术吗？做手术，得把我的子宫摘掉。"

吴文霞听着，看到母亲眼睛里的泪水，只好握了握她的手。母亲抹掉了眼泪，说："我得让他在你们子女的面前答应我，将来不嫌弃我，我才做手术。"母亲突然把哭腔收住，吴文霞往身后一看，是父亲把水打好了。母亲眯着眼睛，对她点了点头，像是两个人已经立下了某种契约。

吴文霞不知道母亲是想到了什么才流泪，自从她不再管生意，她的泪腺好像变得发达了起来。吴文霞看到母亲脸上的斑比以前多了，颜色也深了。医生说母亲的子宫长满了一粒粒小小的瘤。这个以前孕育过他们姐弟三人的温床，现在已经被别的恶物占领。母亲老了，病了。她没有丑过，或者说，她也没有美过。

吴文霞只是觉得可惜，母亲本是个充满活力的女人，说得实在点儿，就是那种闲不下来的女人，她总说，人一闲，就要生病的。

大姐远嫁福建，孩子不用母亲帮忙带；弟弟也在外省上大学、读研，一个月也没一个电话来，是想操心也操心不到的。母亲闲腻了，拍腿决定要到广州看吴文霞，照料她一段时间，给她煲点儿汤喝。吴文霞在电话里一口回绝了，母亲却只是说："那是为什么？"没有等到文霞的回复，她又一个劲儿地说她已经想好了要做什么汤，咸菜煮猪肚、橄榄炖猪肺，还有鱼胶可以滋阴养颜……吴文霞在电话这头一直喊："不用了，别辛苦了！"甚至已经有点儿急了，可母亲还在说凤爪和猪脚可以给她好好补脚力，直至被一旁开车的父亲打断："她这意思不就是她不想你去广州！你还和她说这么多干什么？补什么脚力！给她补脚力，还嫌她走得不够远啊？"

电话两边都沉默了一会儿，母亲还是不死心，但已经失去了气势，说："我总归要教她煮汤吧！将来嫁人了她不煮给丈夫和婆婆吃啊？"吴文霞听了这话，很不舒服，但也没有开口，她想，现在说嫁人不嫁人的事情，并不妥当。可是，她又听到父亲的声音："走仔就是走仔，将来嫁出去就是嫁出去了，做不好别人的老婆，我们也无法操心。"吴文霞的心，骤然被一个爪子抓碎。但很快地，她转念又想，可能父亲以为电话已经挂了吧，如此一来，自己心里好受了很多，这是她一向擅长的。

父亲往红色的塑料盆里倒了热水，白烟努力地向上飘升，翻动得像炭火。吴文霞问父亲："阿妈什么时候做手术？"父亲说："说是明早八点十分，也不知道是不是卡这么准。"护士面无表情地闯进来，喊："病人，量血压！"吴文霞从床边站起来，看着父亲毕恭毕敬的样子，只觉得好陌生。那个小护士，看上去并不大，至少比自己小，吴文霞心里想。等小护士走了，母亲小声地对吴文霞说："那妹仔才二十，你看看她那样子，都可以嫁人了。"吴文霞冷笑一声，接过父亲递来的毛巾，往热水里投，干瘦的手臂拧起毛巾来却十分有力。

母亲坐了起来，吴文霞给她撩起衣服擦背。母亲突然笑起来，跟隔壁病床的人说："你说是不是，人还是要生仔好，现在就有人给我搓背。"隔壁病床的人礼貌地跟着笑了笑，吴文霞却是憋了口气，继续擦下去。擦着擦着，她又忍不住酸酸地说："我是你走仔，不是你仔。"

吴文霞把行李箱拿回家，简单洗了个澡，然后就折回医院陪母亲睡觉。隔天早上六七点，近亲们陆陆续续都到了，拉些家常，刀光剑影，把吴文霞折腾得厉害。

姑姑说："你要对你妈好点儿啊。"吴文霞挤出一个干巴巴的微笑。姑姑又说："多听你妈的话，没错的。"吴文霞点了点头。姑姑以为可以乘胜追击，就说："回来吧，再好好找个人，要不姑姑帮你找一个？"说完见吴文霞冷着一张脸，她只好又说："赶紧结婚生孩子吧，这样你妈才安心。"吴文霞正酝酿怎么挡回去时，一个医生走到门口说："家属来签个字。"父亲立刻从椅子上起来，去门外签字。母亲看了吴文霞一眼，吴文霞立刻把眼睛转向别处。

母亲终于被推进手术室，外面等候着的，都是吴文霞的亲戚。母亲的好姐妹莲姨也来看她，一逮到吴文霞就问："你从广州回来啦？什么时候回来的？"吴文霞说："昨天晚上才到的。"莲姨看她一副提防的模样，就说："你也不要怪阿姨哦，是你妈一直求我，让我带她去广州的。这事你爸也是同意的。"吴文霞笑了笑说："哪有怪阿姨？谢谢你照顾我妈。"

大半个月前，母亲来广州找吴文霞，是和莲姨一起坐高铁过来的，她们没有事先跟吴文霞打招呼，直到她们上了车，父亲才打电话来，吩咐吴文霞要照顾好母亲，记得去南站接她。吴文霞当时正在琶洲布展，一听到消息，立刻质问父亲为什么不早说，父亲就说："你自己问她！我不知道！我不和你吵！"

吴文霞没有立即打电话给母亲，而是发短信给另一个女人。这个女人叫奇哥，是她的舍友。她们在一次聚会上认识彼此，两个人当时正好都在找房子，就合租住在一起了。去年春节，吴文霞被全家族的人催婚，那天深夜两点，她对着奇哥大哭了一场，奇哥安慰了她很久。隔年春节，吴文霞没有回家，和奇哥跑张家界去旅游了。

那年除夕，酒后的父亲气得在亲戚面前大骂她——"走仔就是走仔，还没嫁人就不认家了！"母亲本来也很生气，只是一看，白脸角色已经被丈夫抢走了，只好唱个红脸，打电话叮嘱了吴文霞，记得给父亲拜年。吴文霞也照做了，不过父亲并没有接她的电话，短信也没有回。

这是吴文霞第一次没回家过年，父母安排好的三个相亲对象，全部被她放了鸽子。母亲只好一个个去赔笑道歉，生气之余，她决定去广州一趟，看看吴文霞到底搞什么鬼。起初她跟吴文霞提起这个想法，却被拒绝了，只好打起先斩后奏的主意，求着好姐妹莲姐去广州时顺便带上她，这才有了后来的事情。

过了一会儿，吴文霞收到奇哥的短信，她说晚上会搬走的。

吴文霞忙着布展，只好请同在广州工作的高中同学去接母亲。等晚上她自己找到母亲时，母亲已经在地铁站等了快两个小时。她一脸小心地把包抱在胸前，坐在铝椅上，一见到吴文霞，就笑起来，嘴上却抱怨着说："你们下班真是太晚了！"

吴文霞板着脸，说："还没有下班呢，我先送你去酒店，然后还得回去干活。"她不耐烦地拿过母亲的东西，向地铁口走去。"住什么酒店！我随便住就好了，你妈就是沙发也能睡的。""那我怎么敢呢？"母亲听出吴文霞话里的刺，没有多说什么。夜里一点半，吴文霞回到自己租来的房间里，发现已经是空落落，墙上挂照片的钉子兀在那里，丑陋极了。

只住了一晚酒店，母亲就强烈要求到吴文霞的房子看看。一进门，就看了厨房、厕所、阳台，像逛样板间一样，点评来点评去，最后看吴文霞的房间，又骂她女孩子不够爱干净。她伸出手，摸了一下桌台，却看到一张照片嵌在相框里，摆在台面上，是吴文霞包得像个粽子一样大笑的照片。母亲问她:"笑得这么开心,是在哪儿?是过年在张家界拍的吗?"吴文霞给母亲倒了一杯温水,又递给她一排药,"是啊。快把降压药吃了。"

母亲又问:"谁给你拍的啊?"是奇哥啊,但吴文霞只是说:"我朋友啦,说了你也不认识。"母亲就着温水把药咽下去,又说:"好久没看到你笑得这么开心了。我记不起你哪张照片是笑着拍的。"母亲走向床边,掀开被子。吴文霞也不接她的话,只是摇了摇头,说:"也不知道是你来照顾我,还是我来照顾你。"母亲看着两个枕头上深浅不一的凹印,本想问儿什么。

母女俩平躺在床上,不知道谁先起的头。母亲说起以前嫁给父亲,在婆家里,做牛做马都是小事,最愁的是父亲在外面做生意,不知道他会遇到什么。外面的风光,大概很好吧。有一次家里收到一封信,可惜她字识不了几个——只看到抬头是"亲亲的","亲"字她是认识的,婚房上挂着的吉祥话里就有"相亲相爱"四个字,那"亲亲的"后面接的是父亲的名字,父亲的名字也是她认识的,结婚证上有写。所以后来她才决定要识字,要走出家门自己做生意。

吴文霞静静地听母亲说着过去的事,她已经提过这件事好几次了,从小到大,只要父母吵架,母亲就会拉着她痛诉父亲一顿。吴文霞自小就从母亲的愤怒里得知,那就是男人的样子,但她不知道这次母亲为什么又突然提起来。母亲看吴文霞没有出声,以为她不信,只好说:"我拿着信去比对过,没错的。信里的话不多,但'爱'字出现了好几次。署名是尾珊。"吴文霞叹了一口气,说:"现在爸爸对你好,不就好了吗?"母亲顿了很久,说:"我那天很闲,和你莲姨约在总店见面,结果看到你爸和一个女人靠得很近,像是在说什么悄悄话。"

"那……是那个尾珊吗?"

"不是,我直觉不是。"

"我还以为你把两件事一起说，是有联系的。"

吴文霞笑了笑，把奇哥打来的电话按掉。

母亲追着吴文霞的手机屏幕看了一眼。

"我来之前和你爸吵了一架，你知道吗？他平时都是三四天刮一次胡子，那几天，他一天刮一次，一大早就对着镜子涂泡沫。"母亲说着说着就哭了，眼泪在昏暗的房间里看不见，但是吴文霞听得见，也感受得到，整个房间里的空气都变得湿冷湿冷的。

手术室的灯亮了。母亲被推出来的时候，脸上没有一点儿血色。不过医生说顺利，那么也就是顺利了。到了病房，母亲被抬移到病床上后，医生又仔细叮嘱父亲和吴文霞三姐弟各种注意事项。吴文霞发了一条短信给奇哥，告诉她一切顺利。

等送走最后一个亲戚朋友，已经过了几个小时，母亲皱着眉头，好像嘴里喊着难受，一伸手就想拔掉吸氧器，父亲只好把她的手按下去，告诉她："知道你难受，医生说不能拔掉这个。听话。"

下午，隔壁床的病人被家人带出去散步的时候，父亲坐在母亲的床边，喊齐三姐弟。他呼了一口气，说："你妈妈要我保证，在她割掉子宫后不能嫌弃她，我这里给你们做保证。"他说完又转过去对自己的老婆说："听到了吧？"

那一刻，吴文霞有点儿心疼母亲了。从前她认为，女人何苦把一生的幸福托付在男人身上。看到母亲这样，又觉得，与其说幸福、说托付，不如说是陪伴。人们习惯用美好的词语修饰生活，所以才容易大失所望。

吴文霞要回广州之前，母亲已经能清醒地说话了。她抓着吴文霞说："如果你没有一个丈夫，将来像我一样病了怎么办……谁给你签字啊……阿妈将来走了谁管你啊……老了怎么办啊？你是不知道老……"

"你自小就孤僻，老一个人待在房间里不说话……你听阿妈的话，一定要找个人在一起啊……"吴文霞听着听着，就流了泪。

那天晚上，母亲把吴文霞的房间打扫好了，煲好了猪脚黄芪花生汤，洗好了澡，穿好睡衣坐在床上。吴文霞下班回来看到房间被收拾得干干净净，生气地说了一句："这下我的东西又不知道放哪里了。"母亲却说："不会的，你要什么，我立刻给你找出来。对了，我找不到可以擦东西的布，就去翻你的旧衣箱。"她指着衣柜上的一个箱子，又说："你不是说那个箱子的衣服都不要了吗，我看好几件还是新的呢。"吴文霞看着母亲的眼睛，母亲却说："去喝汤吧。"

她一勺一勺舀着母亲煲的汤，母亲做的汤，还是一如既往地下足了料。母亲在广州住了快一个礼拜，每天的汤头都不一样，几近十全滋补。尽管如此，吴文霞还是要送走她。那天吴文霞本来已经买好车票，母亲却说："我来广州这么久，都没出去逛逛。你好意思吗？"吴文霞只好改签，挪后一天，带她去了好几个地方。

隔天，吴文霞一早就买好了母亲下午回小城的车票。出门前，吴文霞还在房间里收拾包，母亲正在上厕所。母亲从厕所里出来的时候，家里的门突然被钥匙打开了。是奇哥。吴文霞跑了出来，有那么一刹那，三个人面面相觑。奇哥说："阿姨好。"母亲普通话不好，只是点了点头，又打量了她很久。

吴文霞告诉母亲，这是她的好朋友，叫奇奇。母亲说："那中午一起楼下吃个饭吧。"吴文霞说："别了，人家有事。"母亲又看了两眼奇哥，用很笨拙的普通话说："一起吃饭吧。"奇哥看吴文霞瞪了她一眼，只好婉拒。

母亲和奇哥道别后，出去了。一顿饭的时间，吴文霞都在短信里和奇哥发火。但她自小就不会藏表情，脸上的肌肉写着一个"怒"字，呼吸也与平常不同。母亲都看在眼里。

吴文霞还等着母亲问:"奇奇是男的还是女的?"但母亲没有问。母亲只是说:"你屋子的钥匙我都没有,奇奇倒是有一把。"吴文霞猝不及防,只好说:"你又不常来。"但立刻又意识到自己说漏了嘴,只好亡羊补牢,说:"你又不常来广州。"母亲也没追问下去,只说要帮奇奇找男朋友。吴文霞说:"你手伸得这么长!管得真宽!"母亲笑了笑,说:"你不允许我给你介绍,我还不能给她介绍吗?"母亲见吴文霞没说话,又开口说:"你回头可别学人家剪那么短的头发啊。"

在地铁上,母亲念着一个个站名:"东晓南、南洲、南浦、广州南站……南,南,南,一路都是南啊。"母亲说完,就意味深长地看着吴文霞。两个人就此沉默,到关闸口,母亲才用很差劲的普通话问检票员:"我走仔不能进来送我吗?"检票员说:"不行。"

吴文霞说:"回去吧。"然后,她看见了母亲在流泪。

吴文霞要回去了。父亲没有留她,只说了一句:"好好工作。"弟弟很积极,说要送她到高铁站,他以前从来不这样热心的。一路上他们聊了很多,最终才聊到真正想聊的。弟弟一边开车,一边说:"姐,阿妈跟我说,你要是真的不结婚,就让我先结婚了。"吴文霞说:"好,她开心就好。"

她心里想着,假如有那么一天,父亲对母亲不好,弟弟不孝顺或者娶了霸道的妻子,姐姐忙着照顾孩子——没有人愿意真心实意地照料母亲,那么她一定会陪在母亲身边,让她安享晚年。

吴文霞上了去广州的高铁,坐定后,就望向窗外,看到了天边一片昏黄,果田和屋宇不停地后退。可是,不论列车行进得多快,夕阳还是稳在那里,它只是缓慢地、轻轻地移坠。远处,更远之处,一只金灿灿的凤凰披着霞色的羽毛,擦着太阳的边界,展开翅膀,飞了过去。

 授课

处理家族叙事的角度和结构

《走仔》的写作,有些意外,当时我正在构思毕业作品,突发奇想想先练笔写一个有关性别问题的故事,就以身边一些人为原型进行创作,当然也受到电影《孔雀》的影响。《孔雀》是一部很棒的电影,剧本也写得很好。家庭是我很钟爱的题材,我家本身就是一个八口人的大家庭,从家庭延伸出去,还有一个更庞大的家族。家庭(家族)塑造了每个人,也给我的写作提供了丰富的素材。

《走仔》采用现实和回忆相穿插的结构,主线是女儿回家之路,副线是不久前母亲的一次突然造访,这里使用了电影蒙太奇的处理手法,在写作过程中,我会有意想象画面,随画面变动、穿梭叙事的时空,这也让小说显得有些匠气。我想,我们这代写作者大概都会受到影视的影响。家庭和人物之间的关系,或许都更需要一种暧昧不明。至于小说讨论的主题,我觉得是陪伴吧。

课后自习小站

1. 看电影：电影讲故事用的是视听语言，作为小说写作者，我们大可学习电影中的角色如何用动作、画面，如何用场景与道具来表达情感，他们的心理必须外化才能变得生动、可感。不外化就得依赖旁白、内心独白，是没办法的办法。我们小说中的人物为何不呢？除了看电影，还可以看看电影剧本，推荐李樯的作品。

2. 日常观察：我出外很喜欢观察，尤其是在公共交通上，观察人们的动作、打扮、表情，通过人与人之间的站位有时候都能判断出人们的关系，有时候可以推想他们的职业、家庭背景，从而去想象他们经历过什么故事。我认为这是建立在现实基础上的虚构训练，是自设命题，是自我解答。

3. 流行演唱：音乐和文学也是艺术的一种。唱歌给我的最大启示，其实是不同内涵的歌曲得用不同的唱法，比如美声固然考验技术，但用它唱流行情歌却总是显得格格不入，你能想象用摇滚黑嗓唱《甜蜜蜜》吗，或者用爵士唱法唱《黄土高坡》？这点在人物语言的处理上得以体现，当我写乡村人物时，或许语言需要更接地气一点儿，刻意优雅繁缛，反而不恰当；用第一人称写一个粗枝大叶的人，他的心理总不能百转千回，赛过林黛玉吧。流行演唱带来的另一个启示是，技巧复杂的小说不一定更好，遇到狂飙高音、多重转音的歌手，我们固然会佩服，但那首歌曲未必会比一首简单的民谣更打动人。

4. 看艺术展：艺术是共通的。我比较建议看现代艺术展，因为它更抽象，有更多阐释的空间，很适合写作者去补充。

5. 旅游：最重要的不是看经典，而是观察、体验，从而想象这样一个新的空间里可能会产生的故事。这些是更遥远的写作命题。

方嘉英的写作课

- 写作理念
- 写作现场
- 授课
- 课后自习小站

文学冠军简介:方嘉英,"90后"作家、编剧,热衷科幻题材创作。曾获《小说绘》第三届MKT文学大赛全国冠军,电影剧本《第十三种爱情》入围华语电影节"华语青年影像论坛"的"新青年制造·项目创投"。作品发表于《小说绘》《萌芽》等期刊。

写作理念

让别人通过文字看到你眼中的世界

我始终认为,写作是人与外界沟通的一种表达工具,而作家是其中最为敏感的存在。我从十二岁提笔起,到如今已有十四年了,但最初促使我有写作欲望的,并非鲁迅、村上春树,并非《狂人日记》《世界尽头与冷酷仙境》,也并非名家名著,而是一本当初和现在都上不了台面的网络小说。那本书让我有了最初的敏感、最初的表达欲望,让我写下第一段文字,哪怕粗浅不堪,哪怕逻辑混乱。热爱写作的人,天生就是饕餮,当网络小说无法满足我时,我自然会去看更有营养的书,《平凡的世界》《鲁迅杂文》《挪威的森林》《默哀时刻》《偷影子的人》,等等。

没人逼迫我,也没人阻拦我。我生为饕餮,在读书和写作上生而贪婪,想看更多,想写更多。而懂得越多,你才能慢慢发觉自己的渺小,爬上泰山之巅,才可观星辰之浩瀚、天下之广阔。我能告诉你的是,你想看什么就去看什么,想写什么就去写什么,把自己的写作欲望勾出来后,你自然而然就会想了解更多。在写作上,不存在天才,所谓的大师不过是比你博览群书,多写几百万字。而我,只是想让别人通过我的文字,看到我眼中的世界罢了。

📖 写作现场

灵魂列车

一

我迷迷糊糊地在清晨的鸟叫中醒来，觉得疲惫，心里满是失落，却丝毫想不起昨晚的梦。窗外的天空阴沉得如同一池墨水，似乎随时都会倾盆而下。

简单洗漱后，我去了客厅。

"今天是你上班的第一天，记得给领导和同事留个好印象，我跟你爸为了给你找这个工作不知花了多少工夫！"

"嗯，好。"

我西装革履，皮鞋擦得很亮，印花深紫色领带和白色衬衫合适地搭配在一起。喝完桌子上的牛奶，我拿上公文包准备出门。

"怎么还背着那个鬼东西？"

"啊？"我耸了耸肩膀上的吉他包，"一会儿路上我要把它卖了。"

妈妈一脸狐疑，我笑了一下，连忙走了。

今天没有上班所需的好天气，天空阴沉，阴柔的光落在地上让人留不下一点儿影子，我到了路口，坐上了前往火车站方向的公交。

这算是最后一次叛逆吧，我想去B市。

公交车在商业区停了，从这儿下去赶到公司还不会迟到，我紧紧攥着吉他的背带，头抵在椅背上，做了几个深深的呼吸，直到车门再次关上。

一路几经煎熬，终究是到了火车站，我西装革履，背着吉他，一定是滑稽极了，但在火车站这种鱼龙混杂的地方，就还算好。穿过马路，我到了广场。

"小哥，算一卦？"我刚要去售票处，衣角却被扯住了。

花坛旁坐着一个落魄模样的算命老头儿，样子邋遢，腿似乎还瘸了。

"我赶车。"我把西服拽平。

"不耽误，不耽误，来，小哥，你先坐下。"老头儿伸手把我拽在了跟前的板凳上，"哎哟，不得了了，小哥，你这印堂发黑，怕是有凶兆啊。"

"瞎说！"我一时没反应过来，于是恼怒地起身了。

"小哥，过会儿你会有一劫，要做出正确的选择才能逃过。"

我一愣，突然想起了要前往B市的计划，下意识觉得这老头儿说的的确有点儿靠谱，可就在我要问点儿什么的时候，老头儿又说话了："我看和小哥有缘，你若给我一百元，我帮你化解如何？"

果然。

我不耐烦地拽了拽吉他包，转身就走。

"哎哎哎，不听也成，你倒是先把算命的五十给我啊，你别走啊你！"

"我看上去很好骗，是吧？"

"三十也行啊！"

我没再搭理他，直接向售票处走去。一大早就这么窝火。

买票的队伍不长，不一会儿就轮到了我。

"到A市。"

"三十，T405，半个小时后发车。"

我早就想好了一个省钱的法子,这趟火车不去B市,但会经过一个中转站,我到那里再买到B市的车票,这样算起来比直接去B市便宜很多。毕竟一个人在外,能省多少算多少。

拿到票后我担心地望了望广场那边,害怕那个老头儿跟过来,但花坛那边空无一人。

我匆匆忙忙地进了站,一切都按计划进行着,火车上人声嘈杂,我抱着吉他坐在靠窗的位置上,看着窗外的景色飞快地倒退,从市区到郊外,最后又是荒郊野岭。当卖零食的小车来回了三四次的时候,中转站终于到了。

我下了车。

一个多小时的车程并没有让我远离城市阴沉的天空,这会儿已经十点多了,天却灰暗得快要滴下污水一样。这个车站果然没有太多人,除了我以外只有几个人匆匆下了车,他们消失在了楼梯的拐角处。没过多久,列车就开走了,我抬头看到站台另一边破旧的牌子上写着T405,这时远处传来列车即将进站的鸣笛。

"过会儿你会有一劫,要做出正确的选择才能逃过。"

不知怎么的,我想起了那个算命老头儿的话来。坐上这辆车,下午就可以到达B市,在那儿有前乐队的鼓手之铭接我,这都是说好了的。但这也意味着我彻底告别了安逸的工作,辜负了父母的期望,不知何年何月才能回去。音乐并非一条不归路,起码在一开始不是,是渴望让人不停地走下去,无论是渴望梦想成真,还是渴望青春不羁。我这样想着,忽然脑子一片空白,像是梦醒的一瞬间便忘了梦里的内容。

如果我失败了呢?如果我落魄街头了呢?我会不会后悔今天的我坐上即将到站的列车?会不会向往那份安逸的工作?

那老头儿说得没错,这的确是一劫,可能是我没有给钱的缘故,他并没有说清楚对于我来说哪个才是正确的选择。

列车并没有给我犹豫的时间，它到站了，停稳后车门便开了。

我突然听到了隐隐的雷声盘旋在阴沉的天空上，此时站台空无一人，只有一辆列车停在我的右边，等我上去或是等我离去。

我如同铜像伫立在列车旁。

在车门即将关上的那一刹那，我终于一把抓住扶手，一跃而上，突然觉得无比轻松，轻松得像是失去了什么重要的负担。

二

刚上了车，我就感受到了一股疲惫，没想到做出一个艰难的选择居然如此费力。车开动的时候，我看到站台上的那个西装革履的年轻人背对着我匆匆地走了。

车厢里很安静，我一眼望去，竟然全是和我年龄相仿的人，有些甚至看上去比我还要年轻，难道是哪个学校包了整个车厢去B市旅游吗？不过空位还算多，很难见到两个人挨在一起，他们看上去无精打采，或许不是去旅游，而是去跨省联考了。

我没再多想，随便选了一个离厕所近的位置。

我把吉他放在了旁边的位置上，对面是个女孩，齐肩长发，此刻正托着腮帮子皱着眉头看向窗外，似乎是在回想什么事情。

太安静了，没有人聊天，没有人看电影，甚至连玩手机的人都没有，整个车厢里的人都在发呆，眼神空洞，像是丢了魂一样。这样的话，我起身的动静都会充满整个车厢吧？

拜托啊各位，你们到底是怎么了？就算真是一车厢的学生被迫去跨省联考，也不必如此愁眉苦脸吧？年轻人的活力在哪儿？都闹腾起来啊！

我紧张地看着尽头的门，对面的女孩收回了手，眼神飘向了我，但她只是简单看了一眼，很快就低下了头，眉头依旧紧皱。

"那个……你好，你们这一车厢的人是一起的？"

127

"不是。"女孩抬头看着我,露出了惊讶的神色。

"为什么这么安静?列车长来这儿发过火?"

"没有。"

"我叫杨左,你呢?"

女孩偏了下脑袋,眼神一闪,却又很快恢复了刚才的平静。她并没有马上回答我的问题,而是盯着我,我的脸有些发红,但觉得自己并没有说什么奇怪的话。

"黄梓菲。"

黄梓菲这样说道,然后重新低下了头,靠在椅背上。

真是古怪啊。我叹了口气,取出了吉他。那会儿刚上高三,一次偶然的机会去了音乐现场,藏在心底的柴火就被舞台上震耳欲聋的音乐给点燃了,后来去旧货市场花了一百多元淘来了这把吉他,上大学的时候,一个懂乐器的哥们儿曾出两千元要买,但我没卖。

我把手指放在琴头二品上,压住了三四弦。

《加州旅馆》的吉他声轻柔地从我指间传了出来,这首曲子很难弹,几根弦的转换颇为麻烦,弹和压弦稍有不注意就会破音。也不知怎的,我居然下意识地弹起了这首曲子,没有一处破音,力道没有用重一次,像是老鹰乐队(《加州旅馆》的原唱)附身一样。

"You can check out any time you like, but you can never leave……"

没想到黄梓菲居然会唱,她轻声哼唱着,我一抬头,看到她又托起了腮,望着窗外。我怔怔地望着她,指法却没乱。

"咔——"

尽头的门开了,我停下了吉他,一回头,看到了最不想看到的人——列车员。

我慌忙把吉他放到了一边,女孩似乎还没有从吉他声中回过神,她疑惑的眼神中带着一些嗔怒。

来不及多解释，我连忙去了厕所。

我没有听到脚步声靠近，镜子中的自己穿着包里的红色T恤，上面印着滚石乐队的符号。不对，我明明穿着西服啊，这是什么时候换的？在候车室？还是在上一列列车上？我不记得自己换过衣服，我一低头，看到西裤也成了牛仔裤。

怎么回事？

可我来不及多想了，等了不到一分钟，我就听到脚步声靠近了，幸运的是没有停留，而是直接走了。过了一会儿，我出了厕所，回到了座位上。

黄梓菲直瞪瞪地看着我，眼神中带着困惑。

车停了，大概是到了某站，我望向窗外，发现天依旧阴得厉害，但雨始终没有落下来。没人下车，过了会儿，列车再次发动。

窗外是荒芜的外景，看不到高楼大厦，自然也没有人烟。我这才发现这趟列车是新路线，它行驶在一条孤独的铁轨上，连和其他列车匆匆擦肩的机会也没有。

一列孤独的列车，载了一车孤独的人，我有些想不明白了。

我再次弹起了吉他，还是那首《加州旅馆》，但这次黄梓菲没有再哼唱。车厢内静静的，列车驶进了一个隧道，我骤然陷入了黑暗之中，但吉他还在弹奏，声音温柔得像光一般。

下午的时候应该能到B市了。

"副歌那里，你把一弦弹成了二弦。"黄梓菲突然说。

"只是……因为习惯而已。"我停了下来，"没想到你居然也很熟悉这首歌。"

"我不知道，或许是因为这首歌太有名了。你是吉他手喽？"

"嗯，很渴望成为职业吉他手。"我不好意思地挠了挠头。

"所以要那么执着地去B市？"

"对啊，很渴望。其实今天是我工作的第一天，我本是要去上班的。"虽然我是这样说的，心里却微微有些失落，像是有另外一个非要去B市不可的理由被我忘记了，"我看过一个电影，里面讲梦想这种东西，只要你的渴望足够强烈，就一定可以实现，那时候全世界都会来帮你。"

黄梓菲怔怔地看着我，漂亮的眼睛里倒映着窗外飞快倒逝着的风景。

"除此之外，你有没有觉得自己忘了什么东西？"黄梓菲突然说道。

"没有……"我有些犹豫，但手中的吉他却让我再次肯定了下来。

"你不该看见这列列车的，没道理，你明明记得自己的渴望。"

"什么意思？为什么我不该看到？你在说些什么啊？"

黄梓菲盯着我看了好一会儿，但欲言又止。列车在孤独的轨道上向北驶去，依旧没有任何人烟。我去过B市，见过沿路的景色，但这条路线太过陌生了，没有穿过任何一座城市，每次停车都是在郊外，它似乎是在避开市区。

列车再次减速，窗外依旧是荒郊野岭，直到快停下的时候，才贸然出现一个冷清的站台。外面的天空似乎始终都憋着一股气，一直不肯发泄出来，它固执地阴着脸，没有落下一滴雨。不过行驶这么久了，难道全国的天气都是这样吗？

这也太古怪了，我从未坐过这样的列车，不经过市区，车厢里安静得要死，过一会儿就停下，这一路怎么这么多的站台？

当列车再次发动时，黄梓菲说话了："检票员马上又要来巡查了。"

我脸一红，但又不知如何反驳，只好再次尴尬地笑笑，放下吉他准备去厕所。

"等下，下一站你必须下车。"

"为什么？"

"去你该去的地方,去你要上班的公司,回到……"

此时我已经听到车厢另一端的门打开了。

为什么黄梓菲要我必须下车?我胡乱地想了一会儿,依旧没有思绪。

"他什么都记得,让他走吧……他是人类。"对面的黄梓菲突然说道。

我一时呆滞了,之前的一切古怪随即涌上脑海,一车厢沉默的人,许多的站台,窗外荒芜的景色。

我这才意识到,我大概是上了一列错误的列车。

"你是怎么上到这列列车的?"列车员冷冰冰地询问道。

他继续逼近我,我不断后退,靠在了车厢后门上。

"我本来想去B市弹吉他,在中转站上车的……"

"你记得?"

"记得……所以我现在能不能下车……我想去B市。"

"就算你什么都记得了,也不许离开!明明什么都记得却还要上车?逛一圈告诉这列列车里的灵魂你什么都记得?我们被困在这里那么久!你凭什么说来就来说走就走!"

"列车长说记得了就可以离开!"

"但列车长现在不在!"列车员的脸憋得通红,他把我从门上拉开,最后瞪了一眼,打开后门就走了,"更何况他是人类!"

"咔——"我听到了后门反锁的声音。

三

我沮丧地回到了座位上。

我倒是不怕这一车的灵魂,因为看上去他们不是要吃人的样子,况且如果他们想要伤害我,怕是早就动手了,且不说别人,黄梓菲肯定是早就知道了。不过她的意思似乎是这些灵魂也无法离开,难道我上了一列通往未知的列车吗?可为什么只有年轻人?

我把吉他放进了吉他包里，琢磨着下一步该怎么办。天色愈加阴沉，车厢内突然开了灯，这突如其来的光芒显得有些冰冷。

"这到底是怎么回事？"我沮丧着脸问道。

"你知道吗？这辆车上的每一个人其实都没死，他们只是没有完成心愿，或是受到了巨大的打击，导致傻了或是昏迷了。这列列车让这些停留在人间的特殊灵魂有一个容身之处，来这儿的灵魂都忘掉了自己的某种渴望。这列列车的路线很复杂，站台也很多，它在这个世界中一遍遍地循环行驶着，如果谁到了某个站台想起自己该下车了，所要追求的东西就在这儿，就可以走了，可以回到自己的身体里。只要下对了车站，很快就能彻底想起自己遗失的记忆。"

"真的可以完成吗？"

"我不知道。"黄梓菲摇了摇头，"毕竟我也刚上车没多久，也没有见过谁下车。"

"之前有过人类上车的事件吗？"

"没有。"

"那我去问问其他人……"我准备站起来回头问问后面的那个少年，却被黄梓菲拉回了座位上。

"我劝你不要去，他们都在聆听，努力想起那些昏迷的肉体所听到的声音，他们是可以听到一些的。这列列车本来就是不该存在的，来这儿只是一个机会，但大多数灵魂都没法离开，等身体一死，灵魂就消失了。"

"那你听到的是什么？"

"我什么也听不到，偶尔会听到一个男生温柔的呓语，大概只有能打动灵魂的声音才能被听到吧。但我不知道他是谁，也依旧想不起该在哪个站台下车。"

我沉默了。

"我到底会被怎么样？"

窗外传来隐隐的雷声，憋了半天的天空终于下起了大雨，天色一下子暗了，乌云从天空深处透了下来，压向荒野。

"我不知道，列车员可能是去找列车长了吧。"

灯突然灭了，列车"哐当"一声，整个车身都摇了一下。我感觉到车速缓了下来，但不是刚开车没多久吗？在黑暗中，我只能隐约看到对面的黄梓菲，她的眼睛突然一亮。

"我估计因为天气不好前面塌方了，这是机会，你从窗户逃走吧！"

的确，虽然看上去是挺危险的，但总比留在这列列车里强，万一列车长有什么吸魂的嗜好……

即使是这样的突发事件，车厢里也没有出现慌乱，所有人都依旧安静地坐在自己的座位上，思索着为何而来的问题。我拿起自己的吉他，小心翼翼地打开了窗户，雨点一下喷了进来，"哗啦哗啦"的声音像是越狱的警报。

我把窗户开到自己勉强可以钻出去的大小，这时车速减到了很慢，我狼狈地翻了出去，雨水很快淋湿了我的衣服，最后一跃跳在了路边，一身的泥泞。黄梓菲不忘从窗户那儿帮我把吉他递了出来。

"谢谢。"

"快走吧。"黄梓菲匆匆地说道，然后关上了窗户。

我望了望南边，决定去往上一个站台。雨还在下，我顺着铁轨吃力地走着，冷得发抖。

我掏出手机，发现早就进水了，这下打不了电话，怕是没法通知之铭了。

明明不算太长的距离，现在在我看来终点像是在世界的尽头，荒野在风雨中发出"呜呜"的声音，我有渴望，我的吉他此刻正好好地背在背上，每根琴弦都能弹出我爱的声音。可心里还是有些空，像是胸腔里始终有一股难过的空气，呼不出来，也消化不了。

"B市非去不可！"我这样对自己说道，然后挺起腰继续向不远处的站台走去。

四

半个小时后，我拖着疲惫又狼狈的身子到了站台，幸运的是这个小站台没有人，我翻过栅栏，偷偷溜了上去，然后一下子瘫在了长椅上。

站台上几乎没人，只是远处有几个人靠在墙上，低着头等车，卖水果零食的都懒得在这个烂天气里出来。我舔了舔嘴唇，感觉有点儿饿了。

"呜——"

我听到列车从远处传来的鸣笛声。坏运气刚才应该都用光了，希望这次可以顺利到达B市。不一会儿，车就缓缓进站了，绿皮火车在雨水的冲刷下显得也像一个匆匆的旅客。

我起身，毫无防备地走向了车门，没有列车员站在门口查票，我顺利上了车，车门在我上车后就关了，我有些奇怪，这又不是动车，居然还能自动关门？不等我多想，列车便又上路了。

我打开了车厢门，一抬头，心脏一阵抽搐。

黄梓菲吃惊地看着我，眼神中充满不可思议。此时车厢里的灯早就亮了，几个人回头望了望我，又重新回过了头。

我右手一松，吉他从后背滑到了地上，从包里发出了"噗——"的破音。车已经开了，车速越来越快，一会儿列车员又会过来，这次我是没有机会再逃跑了。这也太诡异了，我明明是向相反的方向走，为什么我还会坐上这列倒霉的列车？我只是想去繁华的B市弹自己的吉他，我只是想去完成梦想，我只是想站在舞台上享受音乐和掌声，为什么会一次又一次地被这列灵魂列车困住？

我心里那团难过的空气被点燃了，我突然憎恨这一车厢的死寂。我望着一双双望过来的无动于衷的眼神，气急攻心转身跑到车门口，狠狠地踹着。

"我要下车！来人！我要下车！给我把门打开！"

"杨左，你不要这样，总会有机会再逃出去！"跟过来的黄梓菲拉住了我的胳膊。

可胸腔的那股难过像是不灭的火，始终在燃烧。它仿佛顺着脊梁烧进了我的脑海里，将有关它的一切都付之一炬。

我喘着粗气，停了下来，绝望地靠在车壁上。

这时，车厢门"咔"的一声打开了，我连头都懒得转就能猜到，列车员又来了。

五

"列车长不在车上，所以你不能离开，要等他回来才能定夺。"列车员似乎还不知道我已经离开过一次，"你怎么湿透了，开窗户了？"

我没说话，只是捡起了吉他。

"列车长会把他怎么样？"黄梓菲颤着声问道。

"谁知道呢，或许会让他的灵魂强行分离，也或许把他丢到荒郊野岭。"列车员走到了车厢里，言语间没有太多的感情，他顿了顿，又用更加冰冷的声音说道："我恨你这种人，活着，可以去外面的世界！长久以来我都在思索我到底在渴望什么，追求什么，但没有用，想不起来。或许是因为我的确是做不到，所以我想通了，当了列车员，跟列车长说了我放弃离开的机会。"

"你！"我一拳打了过去，列车员猝不及防，差点儿摔倒。

我看到一张惨白的纸从他兜里掉了出来，它像是单翅的蝴蝶，转了几个旋,落到了我的脚边。列车员似乎没有发现,他整了整衣袖,并没有还手,而是高傲地一笑,转身走了。

我捡起了那张纸,这是一张高位瘫痪的证明,一寸彩色照片上的列车员脸色苍白,可笑得却很开心,我看了眼照片下面,标着他的名字——林则。

"把那东西给我!"我听到了列车员发怒的声音,可不等我把这个证明看完,突然一股力量就把我弹飞了。

我一下子摔在了地上,感觉肋骨都快被撞断了。他一步步靠近我,想要阻止他的黄梓菲被推回了座位上。

"其实你什么都想起来了,你知道自己该在哪里下车了,对吧?你只是不愿意下车。外面也有你深爱的人吧?你只是怕自己成为负担,对吧?"我强忍着疼痛说道,心里那股难过的火依旧在燃烧,"你缺少的只是渴望!"

车厢突然陷入了死寂,所有人的目光都聚在了我和列车员的身上,带着可怜和畏惧。

"没错。"列车员停在了我的跟前,他攥紧拳头,像是随时都会爆发出来,"我就是缺少你所说的那种渴望。"

我和他久久对视着,彼此望着对方的眼睛,又从对方双眸深处看到了自己,相互肯定着,又似乎在相互否定。我想,如果我成了一个灵魂,我是否真的可以去面对自己的生活,面对缥缈的未来,面对父母,面对摇滚,面对跟了我多年的那把破木吉他。或许他也这样想着,想着自己如果出去了,是否有勇气承担那份痛苦。列车又冷不丁地进入了隧道,被挤压的空气猛烈地撞在坚硬的壁上,发出了急促的风声,灯又亮了,可依旧没人感受到温暖。

"让他走吧。"黄梓菲突然说道。我看到眼前的这个姑娘在颤抖,眼里似雾的困惑似乎被什么给拨开了,"我愿意留下来当列车员,放弃离开的机会。"

"不行!"我失声道。

黄梓菲没说话,她看也不看我,只是低着头,长发顺着肩头滑下,遮住了脸。

"下一站,你下车。"列车员看都没有看黄梓菲,他始终盯着我,最后缓缓说道。

一股奇怪的力量将我紧紧束缚住,我动弹不得,被扔回到了座位上。列车员整了整帽子,头也不回地走了。车厢里隐隐传来小声的议论,而我却沉默了,像只木鸡一样坐在座位上。黄梓菲把我的吉他从包里拿了出来,用自己的衣角将水擦干,然后抱在怀里,用食指从头到尾划过整根一弦,在我眼前,弹了起来。

还是那首《加州旅馆》,她弹得也很娴熟,节奏却刻意放缓了,听上去有些抒情。这声音似乎温柔地消除了外面的雨,让整个车厢满是这温柔的吉他声,前奏过后,她再次开口唱道——

On a dark desert highway

Cool wind in my hair

Warm smell of colitas

Rising up through the air

Up ahead in the distance

I saw a shimmering light

My head grew heavy and my sight grew dim

I had to stop for the night

There she stood in the doorway

I heard the mission bell

…………

列车在雨中飞驰而过,它漫无目的地去往远方,迷茫的外人想进来，痛苦的旅客想出去。我眼眶一湿，突然哭了，可我却不知道自己为何流泪，似乎是有什么悲伤的事情，但我却一时想不起来了，只有眼睛遵循着内心的意愿，发泄着它无法承受的痛苦。

"我们认识对不对？"

黄梓菲没说话，依旧在弹副歌，她纤长的手指不停地更换着品位和弦。

"不要这样好不好，你不是说我们还会有其他方法出去吗？你和我，都会出去，到时候我请你去吃大餐，可能你不记得了，那天我弹吉他，只有你听出我在副歌那里把一弦弹成了二弦，然后我们就认识了。"

可黄梓菲还是不说话，她继续弹着吉他，弹过我弹错的那一声，继续切换品位弹了下去。

"你也在渴望什么，对吧？你也有未完成的心愿，对吧？所以不要说什么永远留下，好不好？"

"我想帮你离开这里，我想让你继续回到舞台上。"黄梓菲抬起了头，她在泪中笑了，"也不知道怎么回事，我很喜欢你的吉他，喜欢这首歌，说不准我也是个吉他手，我忘掉的就是你记得的梦想，只是我还是想不起我该在哪里下车。"

外面一声炸雷，吉他声骤然停了下来。

六

灵魂列车终于稳稳停在了下一站，不管我如何挣扎，列车员还是把我扔了下去。

下了整整半天的雨，天空终于放晴了，蓝天在乌云间显露了出来，虽然依旧看不到太阳，但弱弱的阳光普照在站台，隐隐还是有些温暖。站台依旧空无一人，我看到几个遗忘梦想的灵魂落魄地上了车。

电子显示屏上显示着这一站是B市。

车门关了，过了会儿，列车继续驶向了迷茫的远方。

我发了会儿愣，望着列车越来越远，恍然间脑海中又浮现出了黄梓菲的样子，一时竟然忘记我此行的目的。列车最终消失在一片淡薄的阳光中，来此处等车的人逐渐多了起来，卖小吃零食的人推着车子也上来了，人们或是背着大包小包，或是孑然一身，别无他物。我站在人群中，猛然有些无所适从。

穿过地下道，我来到了出站口，检票员没有找我要票，我低着头穿过，抬起眼时看到黄之铭正焦急地站在不远处张望。我急忙跑了过去。

"之铭，让你等这么久真是不好意思。"我勉强笑着和他打招呼，但他似乎没有听见，"之铭，我在这儿啊！"

等我走近，他还是没有反应。

"你看哪儿呢？"我笑着拍向他的肩膀，但我的手却穿过了他的身子。

一股冰冷感瞬间蔓延全身，眼前的之铭看到这一拨旅客逐渐融进人群，只得失望地在我面前走了。嘈杂人海中的人们相互告别，然后相忘于江湖，火车站顶部的钟"当——"地响起，它收集着消散或结束的故事，像个不食人间烟火的谛听兽。

灵魂列车只有灵魂可以上去，他们会忘掉一些东西。B市的北风"呼啦啦"地吹过，"当当——"的钟声敲了十一下就停了。B市、黄之铭、吉他，这些关键词刺激着我的大脑。我摸了摸自己的胸口，原来自己一直都是灵魂。

"算命咯，祖上三代算命先生！"一旁不引人注目的地方，传来熟悉的声音，我抬头看到了之前见过的那个算命老头儿，"小哥，来算一卦？"

他能看到我，我一惊，走了过去，坐在了那个小凳子上，老头儿嘿嘿一笑，也不急着看相摸骨。

"下车了?"

"嗯,我很凑巧地下对了车站。其实我就是灵魂,虽然我不知道我为什么没有意识到这一点,我中途逃跑却又回到了列车上,是因为我下错了车站。"

我什么都想起来了,想起了黄梓菲,想起了这一切的缘由。在中转站的时候,我所看到的那个西装革履的年轻人,其实就是我自己。

"都想起来了?"

"嗯,梓菲知道我离开B市后就和我失去了联系,某天她不幸出了车祸,黄之铭来接我其实是为了带我去看她的。她和我的吉他是绑定在一起的。"

我垂着头,却又产生了疑惑:"但她怎么会在灵魂列车上?"

"傻小子,她只是不敢面对没有真正的朋友的世界而已。"

我一愣,突然间又想起我临走前她说的话来。

"其实我在火车站那里是准备告诉你的,但你走得太急了。"老头儿非常冷静,"所以我的列车上才会出现一个不知道自己是灵魂的灵魂。"

"你是列车长?当时明明你想骗我钱,好吗?你那么像骗子,谁会信啊!"我跳了起来。

"不是说人在迷茫和犹豫的时候,都容易轻信算命先生吗?"老头儿不好意思地挠了挠头,"那下次我换个身份好了,可惜了,算命先生这个身份之前还能捞笔外快的。唉,现在的年轻人真的不好搭讪了……"

"点到为止,我该送你回去了。回到自己的身体里吧,既然什么都想起来了,就去做正确的事情吧。"

"喂!那我怎么才能让黄梓菲想起来?"

老头儿不等我再说什么,就冲我笑了笑。我的视野开始模糊,突然感觉自己被强行向南面拉扯,我极快地穿过人山人海、大街小巷,最后眼前一黑，停了下来。

七

等我再次醒来，眼前的一切陌生无比，身边的人西装革履，看样子是个办公室。我低头看了眼自己的服饰，是早上出门时候的西服和领带。吉他就在我的怀里，我一摸，还是湿的。

"小杨，你上了个厕所回来怎么多了把吉他？"

"哦……落在那儿了，一直忘取了。"

"策划写完了吗？"

我一抬头，看到电脑上正显示着写了一半的策划案，恍然间记忆猛地塞进了我的脑子里，这个策划就差一个报价了，最后一个字的后面跟着闪烁的竖杠，而我却连补上一个句号的心思都没了。

"怎么回事？刚才工作的时候多认真，现在怎么跟丢了魂一样？"

我不是丢了魂，我是魂回来了。

来不及多解释，我拿着吉他就冲出了办公室。

"喂！你去哪儿？还有一个小时才下班呢！"

出了公司，我迅速打车来到了火车站，买了张最快到B市的票，这次一切正常。

第二天早上，我到了B市，之铭早就回去了，但幸好这里的一切都很熟悉。之铭早就跟我说过黄梓菲住的是哪家医院，幸好不算太远，到了之后问了问护士台，就得知了她的病房。

上了二楼，我打开了那扇门。

病房里很安静，窗户和白色的窗帘被护士全都打开了，阳光穿过被昨日冲洗过的空气，照到了白色的床边，这里的一切都苍白得有些刺眼，床上熟睡的黄梓菲正在输液。我询问护士，护士说她只是陷入了昏迷，但何时醒来依旧是个未知数。

病房的门再次被打开，我转过头，看到了之铭。

"你来了，好好陪陪她吧。"

其实黄梓菲之前听到的呓语，就是她哥哥的吧。我把吉他抱在怀里，把双手放在熟悉的品位和弦区，轻轻弹了起来。旋律是她弹时的温柔，缓缓地，就像当初那样，似乎非要催人泪下不可。

"这首曲子不是你和菲菲最爱听的吗？我记得以前你俩经常在一起练习。"

黄之铭叹了口气，把门关上便走了。

"梓菲，是我啊，我刚下车，你也别坐过站了。"

"其实你几乎就要想起来了，对吧？在列车上，你听我弹吉他的时候，和你弹吉他的时候。"

我眼眶一湿，默然不语，吉他声在指尖流出，像一只温顺的猫，依偎在黄梓菲的身边。

接下来的一个月，我奔波于演出现场和病房，兼职着两个临时乐队的吉他手，空闲的时候陪着黄梓菲，只弹那首吉他曲。但她依旧没有醒来的迹象，我不知道在遥远的灵魂列车上，她是否听到了这首吉他曲。

十月末，秋初，午后。

这天我照常去了演出现场，其他人没有来，而台下已经有人在嚷着要听歌，于是我硬着头皮上了台。灯光从天花板上照了下来，恍惚间我似乎完成了那个在舞台上独奏吉他的梦想。

她还好吗？是否醒来了？

我这样想着，学着她当初的样子，用食指划过整根一弦。清脆的吉他声通过音响淹没了空气，完美的节奏似乎让我的灵魂都产生了共振。我听一个前辈说过，不是每个人每时每刻都能感受到音乐的存在，那种存在感往往可遇不可求。因为音乐是有生命的，只有灵魂才能感受到它苏醒的时刻。

"你在副歌那里把一弦弹成了二弦。"

我猛地抬头,看到一个姑娘正在靠里的位置上托着腮,冲我微微一笑。

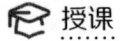 授课

学会用冲突来推进故事的发展

《灵魂列车》是一个关于现实与梦想如何抉择的小说,音乐在我心中始终有一席之地,只是自己实在没有音乐天赋,只能写成小说来表达一二。这篇小说从开头就埋下诸多伏笔,算命先生、中转站的年轻人,等等,小说中伏笔的重要性我不必赘述,但要说的是,如何巧妙地埋下伏笔,后面又如何呼应这些伏笔。

伏笔埋下之时,创作者也必须知道埋伏笔的目的,要知道后面如何去呼应,而有的新手往往会弄巧成拙,甚至是忘记自己曾经埋下的伏笔,此乃大忌。其次,我会在小说中引导读者去思考问题,每个人都曾经或始终有个梦想,可能不是音乐,他们就好比灵魂列车上的路人,而这些路人就是为了方便读者进行代入的。

这篇小说同样也是一声叩问——你愿意向生活妥协,接受平庸吗?我曾看到这么一句话:"不要碌碌无为了一生,再说平凡真好。"其实选择权在你的手里,生活不是小说,你本就拥有反抗的权力,你也可以拥有反抗的能力。所以写作永远要围绕一个主题或者一个问题来展开,你可以不给出答案,但你心中一定要有自己的答案。

其实《灵魂列车》同其他大部分小说一样,遵循着格里菲斯经典的电影叙事理论——用冲突推进故事的发展。其实在小说创作过程中,冲

突永远是最好的剧情推动手段，而冲突的前提是要有矛盾，要记住，作家从不仁慈。

故事中的人物生来势利，比如《灵魂列车》里的角色们都有着自己的目的，这些目的又是前文中矛盾的前提，目的不同自然有了矛盾，而目的相同也可以产生矛盾，这一方面我不想展开细说，希望可以结合小说剧情，再独自品味、理解和消化。

谈了这么多，我从来没有说描写上的问题。关于人物描写、场景描写等内容的确没什么好讲授的，每个人都有不同的风格，只有功底上的分别，最好的办法无非就是多看书了。这个世界上书籍浩如烟海，要找准自己的定位再去选择。

课后自习小站

1. 找到一种可以让自己沉浸创作的氛围。我在写作时有个习惯,就是听歌,一般会是欧美的蓝调或者日本民谣这种听不懂歌词的歌,然后让自己进入一种写作前的状态,找到感觉,然后下笔。这个习惯沿用至今,导致我写作时对环境的要求有些苛刻,最好独自一人,最差也得背后无人看着我写。

2. 我们没有那么多时间和可能去经历世间所有的故事,而电影则是我们最好的选择。不同的电影可以让你领略到不同的人生,电影的视听语言,在维度上高于书籍,信息量相对较多,是增长阅历的最好方式之一。虽然比亲自经历要差一些,但足够的阅片量的确能让你受益匪浅。

3. 作家是敏感的,同样一件事,其他人感触一般,但作家却会思绪万千。多观察身边的人和事,多思考过往的经历,同样会得到思路。去旅行,去和不同的人接触,去聆听他人的故事。

- 写作理念
- 写作现场
- 授课
- 课后自习小站

辛妤洁 的 写作课

文学冠军简介：辜妤洁，女，四川人，青年作家，明治大学硕士，现居日本东京。曾获第一届《花火》超级明星文学选拔赛冠军、全国新概念作文大赛二等奖等奖项。短篇作品发表于《萌芽》《花火》《读者》《青年文摘》《南方文学》等期刊。著有长篇小说《若你转身牵我的手》《一瞬的光和永远》《就算海水淹没岛屿》《致樱花树先生》《风筝有风，海豚有海》等，短篇文集《你我之间半透明》《我也想被一个人长久地喜欢》。

写作理念

在惊涛骇浪下亦能浮出水面呼吸

　　平日与人相处时，当对方得知我在写作后的反应往往是："当作家好厉害呀！"而紧接着的是："写一本书花多长时间？能赚多少钱？养得活自己吗？"实在很难回答。写作不同于机械制造，并非每一道程序都清晰分明、可以掌控。我们无法计算写一篇文章的确切时间，也无法辨别写出的东西究竟有什么意义。更何况并不是所有写出来的文章都有被出版的机会。

　　既然如此，写作的意义在哪里？写作是我独立思考的空间和发挥想象去构建世界的机会，让我跳出自己的生活圈子而结识了更多意气相投的朋友，让我知道在这个世界的很多角落里有很多和我相似的人，让我拥有了平常生活以外的另一种可能性。

　　我总是想，让生活变得鲜活顺畅的除了银行卡余额和车、房钥匙外，一定还有别的很重要的东西。它不同于吃饭、学习、工作等日常，而是隐藏于我们内心深处的渴望与最本能的幻想。它让我们叹息、焦虑、怀疑自我，也让我们喜悦、心安、充满力量。它让我们即使被卷进惊涛骇浪之中，也能暂时浮出水面呼吸。

　　写作不是一种工具，而是具有守护力量的、名为理想的东西。

> 写作现场

赏味期限

一

在家关了半个月后,我出门了。

起因是接到沈致远的电话:"六点在老地方碰面,给你买蛋糕。"

我正睡得迷糊,含糊地回了:"嗯?"我没放在心上,翻个身睡意全无,于是起床喝水。

电话铃声再次响起,我妈说她从客户那里得来一些芒果,后藤先生晚点路过这边,打算给我送一些。

"但我要出门。"我急忙地打断她的安排。

停顿了一会儿,我心虚地补充:"之前和沈致远约了去买东西,后藤先生可以把芒果放在门口,我晚上回来拿。"

"沈致远?"我妈的声调有了跳跃的小弧度。

"不是你想的那样。"

不管怎么样,门是必须出了。从放了两周也没整理的行李箱里翻出一条棉麻的黄色吊带裙套上,就这样出去了。

时间尚早,我沿着海鸥线步行去银座。

东京的天空蓝得澄澈,白云浮游其中,东京湾的波浪闪耀着细碎的光芒。午后的彩虹桥上空荡荡的,视线放远一些,能看到东京塔。一想到它永远安静地伫立在那里,就滋生出一些奇怪的安心感,混合着感动与感激。

但我知道,无论我多么喜欢此刻,既不能停留也不能带走,我拥有的只是心灵被击中的那一瞬间而已。

我深吸一口气,继续往前走。

我走到商场正门时,沈致远已经到了。

刚下班的他西装革履,有着律师的专业和冷静特性,在人群中自带吸引力和隔绝力。楼下便利店的朝仓早纪私下称他为人情绝缘体,因为他看谁都像看一棵植物。正如此刻,来往的女生会偷偷打量他,却没人敢上前搭讪。

这时收到后藤先生的消息:"芒果放进信箱了。"

躲过照面让我松口气,估计后藤先生也是。

我把手机放进口袋,步伐轻松地向沈致远走去。

一楼是超市,精致的糕点在橱窗里闪动着诱人的光芒,耳边不时传来女生的"哇呀,好可爱""看起来好好吃"的欢快感叹。沈致远不会在这种地方停留太久,他早早预订好蛋糕了。

当店员端出只在周年庆那天供应五个的限量版草莓蛋糕时,我吓了一跳。

"你怎么订到的?"

"打电话。"

"我不是那个意思啦。"

店员一直送我们到门口,提醒我们蛋糕最好在明天之前吃完,放冰箱的话不要超过三天,然后她将包装好的袋子递到我手里,直到我们走出很远了还保持鞠躬礼送的姿势。

"店员也太温柔了。"我说。

"那是他们的工作。"

沈致远的父母是外交官,他继承了自律审慎的基因,早早便知要对自己的人生负责。他十八岁到日本,从东京大学法学部毕业后,入职了位于六本木的一家法律事务所,据说他是多年以来唯一被录用的中国人。五年后,他已成为事务所的王牌之一。他的目标明确,清爽利落,不与没有门槛的人深交,也不浪费时间在揣测他人上。一加一等于二,一减一等于零,这就是沈致远的世界。

"你待人待物会一直这么简单粗暴吗?"我好奇。

"简单即高效。"沈致远说。

"有些时间是值得浪费的,比如我看到这块限定的草莓蛋糕时,就会想你是费了力气才预订成功的,它就变得更珍贵了;当店员服务周到时,就会想她在认真用心地工作。"我说,"让彼此关系更好的同时,也让自己心里舒服,不坏呀。"

回到公寓楼下时,我提起装着两个芒果的袋子。

我能猜到我妈的心思,也按她的意愿分了一个给沈致远。知道坚持无功不受禄的他不会随便收别人的东西,我自然有对付的办法。只要声称这是他帮我拎一路蛋糕的报答,他就不会拒绝。

我们在门口告别,沈致远把蛋糕递给我时说:"给言行赋予太多含义不见得是好事,抱着多余幻想更容易失望。比如我电话打得早,店员推荐预订限定款时,我并没思考多余的事。而你为了躲过和继父碰面,磨蹭到现在才回来,这种别扭的心理下次还会重来。原本这两个小时你可以写一篇新小说或者做一篇翻译,完成点儿有意义的事。"

"被你一说竟然没什么情绪了,挺轻松的。人要是都像你这样言行合一,可能相处得会更长久吧。"

和沈致远追求的简单高效不同,真心地说着这种话的我,可能更接近破罐子破摔的悲壮。

二

在我的生活被搞得一团糟后，遇见谁，离开谁，我都觉得是出于命运的某种安排。只有当我这样想时，不管生活变成什么样才顺理成章，不然我想不通为什么会变成这样。

至少几个月前，我没想过会在东京的小公寓里独自生活。

我现在住的房子是后藤先生的，如沈致远所说，他是我的继父，外表看起来温厚敦实，在池袋经营着一家中华料理店，我妈在那家店工作到第二年时变成老板娘。她入籍半年后才在电话中告诉我，用突然想起来的那种口气说："对了，我结婚了。"

"这是第几个？"

"第三个。"我妈"扑哧"笑起来，"又不是积分卡攒积分，第几个不重要，重要的是现在是哪一个。"

我和我妈的关系像疏远后的朋友。她是个神奇的人，当机立断、雷厉风行，除了母亲这个身份外，别的都很擅长。我十五岁那年，我爸在工地上意外坠落，拿到死亡赔偿后，我妈在市中心买了一套二居室，余下的钱分成两笔，一笔给我存学费，另一笔她买了机票，准备去日本寻找新的人生。整个处理过程半年内完成，虽然落下不少话柄，但用她的话来说："事情已经发生了，既然不能陪他一起死，哭哭啼啼不如好好为自己活。"

我妈到日本那年我上高一，直到大三我一直住校，大四毕业后，我把工作落实好的那天，得到我妈再婚的通知，大学同学周阳问我要不要搬出去一起住，就这样我开启了合租生活。

周阳聪明随和、认真妥帖，她在学校里很受欢迎，工作后不到两年就在公司里找到了自己的位置。而我受我妈的影响报了日语专业，在本地一家私人翻译公司工作了一年，老板为了节省开支允许员工在家工作，我渐渐变成了自由职业，一边给杂志写专栏一边做翻译。由于专栏的人气不错，我开始给一些营销号供稿，在微博上也接一些广告，生活并不拮据，还算自由顺利。

由于缺少父母关爱，我非常依赖别人。刚和周阳合住时，我们会一起去家居店，从沙发床垫到刀叉碗筷，从书架几层到窗帘颜色，全都精挑细选，亲手把房子布置成一个家的样子。转到家里工作后，我买了一堆料理书学着做饭，下班回来的周阳会在客厅工作或者在阳台给花浇水。迎着光，房间被光线充斥着，碗筷碰击的声音，书页翻过的声音，水滴从绿叶滑落的声音，汇聚成轻松的生活曲调，这让我非常高兴。这幸福如此心安，绝不会离我而去。

可是，当我沉浸在平稳的幸福中时，没有想过平稳之下酝酿着怎样的风暴。

四月的一天傍晚，我收到另外一个大学舍友的微信，她告诉我周阳在朋友聚会上吐槽我待在家里办公时非常邋遢，有时还会让她帮我买各种东西，说我是一个自理能力很差的人。

就在前一秒，我们还一起从阳台收回衣服，商量着去领一只小狗回家的事。我觉得她对我永远是坦率真诚的，我从没有怀疑过什么。当周阳笑着问："怎么在发呆？"我心虚地关闭屏幕。

我们没有争吵的经验，两个人一动不动地保持姿势坐在客厅里，直到夕阳彻底沉下去，房间里的光线消失，剩下模糊的轮廓。我看不清她。

"我真的有那么差？"

"对不起……"

"你一直嫌弃我吗？"

"对不起……"

"我们怎么办？"

"对不起……要不我们都搬离这里吧。"

我没有回头看周阳，满脑子疑问，声音颤抖着，眼泪不受控制地往下掉。

无论相处多久，人和人之间的信任感依旧如此脆弱，这让我伤感。

天微亮时，我拖着失去知觉的身体给我妈打电话。我没打算说太多，却被她听出异样，只好和盘托出。

"我能不能去你那边待一段时间？"我问。

"好。"她爽快地答应了。

好在家族签证早就办好了，我简单收拾行李，去机场买了最近航班的机票。

三

我妈和后藤先生忙着在新宿开分店的事，我会日语，平时能在店里帮些忙。虽然与我妈疏远了很多年，但看到她和后藤先生在一起时难免生出一丝微妙的违和感，总觉得自己像个外人。

明明在最亲的人身边却没有家的感觉，到头来能让我长留的地方一个也没有。

和他们住了一周，后藤先生和我妈商量也许让我静静待一段时间更好，正好他在港区有一套小公寓空着，我妈爽快地同意我搬过去。后来我才知道，他们还有别的打算，就是隔壁住的沈致远。

我白天睡觉，晚上失眠，只有夜里去便利店才出门。人关久了会变得迟钝，加上烦恼重重，说是行尸走肉也不为过。

但该遇到的就是会遇到。

第一次遇到沈致远时，我手里拎着后藤先生送来的草莓慕斯蛋糕，在走廊转角和他撞到一起，草莓和慕斯撒得到处都是，他看我的眼神也像看一团糟的事故现场般恶劣。几天后，大风把我的衣服刮到他家阳台，我拿着晾衣竿试图取回来时被他抓个正着。接下来的几秒我保持着倾身探出晾衣竿的动作，他打破停滞的画面，上前一步，将衣服挂在我的晾衣竿上，然后拉上了阳台的落地窗。大概我们有不可来往的共识，眼神交流了几个回合，自始至终一句话也没说。

关系发生改变是两周前的一天深夜。

失眠的我准备继续去便利店，在走廊上再次撞见沈致远。即使他摆出一副站在玻璃窗前凝视霓虹灯的深沉造型，身上的米色睡衣睡裤却出卖了他。从便利店回来时我没忍住，上前问他是否需要帮助。他判断一番后，不情愿地向我借了手机。

他把垃圾放门口时，不知怎么被反锁在外。夜里两点给房东打电话也拿不到钥匙，沈致远找了开锁公司，那边问了地址后说半小时左右派人过来。沈致远要还人情，我没放心上，但他说得直白："人情算清了能减少不必要的往来。"我想了想，说："那你给我买个蛋糕吧。"

而此刻，那个豪华的限量款草莓蛋糕正在我的冰箱里。

人和人之间的关系很微妙，无论多么不相同的两个人，似乎只要相处的距离近、时间长，就会自然而然地产生很多交集，而随着交集越来越多，以后会发展成什么样又全不可知。我和沈致远就是最好的证明。

我们第一次交谈是在等开锁工的那个晚上。

他还手机给我后简明扼要地说我妈给他打过电话，拜托他照顾下我，他对照顾人毫无兴趣，对照顾渴望被照顾的人更没兴趣。他现在会跟我说话的原因是他对我这种渴望被爱的人有好奇心。

"是吗？"我没想到会这样展开，一时不知做何反应。

"真是不可思议，世界上真有你这种蠢人，会为一点儿小事纠结到影响人生。不就是少了个舍友吗？"

突然被一个陌生男人这么说，我有点儿生气，但又无力反驳。

沈致远毫不避讳地看着我，说："接触几次下来，大概也能看出你这么容易受伤的原因。简单、柔弱、喜欢为别人着想,换言之,单调乏味、毫不费力。这类女人有个通病,和别人生疏时是珠宝商,每份'喜好'都珍贵到不轻易示人,但相处熟悉后变成街头商贩,所有'善意'跳楼大甩卖,恨不得倒贴百分之一百万以示真诚。人一旦把心降价处理,就怨不得别人不珍惜。"

"我的心始终是我的心,没有改变过。为什么陈列在橱窗里是珠宝,放在架子上就成了廉价货?"

"有时候,人和人的关系没有那么复杂。"

"我和周阳的关系很复杂!"我气急了。

"没脑子,空有一腔真诚,被嫌弃是迟早的事。"

我鲜少生气,当时却被沈致远的刻薄刺激到想踹他一脚。后来我想,如果真踹了,可能我们对彼此的印象就停留在刻薄与软弱上,不会再有其他交集。

让我们继续聊下去的原因是我恢复冷静后看着他说了一句:"背叛友情的人才是没脑子的吧?"

"怎么说?"他看着我。

"真正有脑子的人能分辨好坏,损人又不利己的事是不会轻易做的。"

"那你为什么搞成现在这样?"

"因为我不想放弃这个朋友。"我颓丧下来。

我甚至没出息地想,只要周阳找我好好道歉,我就选择原谅她。

四

晚上,我拎着草莓蛋糕去敲隔壁的门。

"好不容易才得来的,一起吃掉吧。"

"我不吃甜食。"

"嗯……是吗？"

我有些苦恼，一个人很难吃完这么一个大蛋糕。

沈致远说我乏味，可能是的。我对物质没有要求，也没有做女强人的欲望，但我也并非寄生的藤蔓，靠吸取周阳的养料过活，我有足够生活的收入，也尽量不给别人添麻烦，追求这样舒展地活下去。难道这样就是一种乏味吗？

"其实我不太明白，人与人相处，真诚不是最重要的吗？"

"真诚的价值不是自己说了算，是由对方来评估吧。"现在沈致远对我的耐心见长，"真诚的效用也有时限。就像这块蛋糕，无论它多么好看，味道多么完美，只要最好的时间过去，它就变成了一坨垃圾。"

"一定有什么是永远存在的，如果不这样想，我找不到生活的意义了。"

"让蛋糕永远好吃的办法是吃掉它。"沈致远看着我。

到了半夜，我实在睡不着，打算和往常一样去便利店。

在玄关处换鞋时想起沈致远的"过期则垃圾"的理论，我觉得自己和草莓蛋糕同病相怜，便折回去打开冰箱，唯一的草莓蛋糕静静地被灯光笼罩着。

今天周五，朝仓早纪值夜班。她今年二十岁，在学校里学设计，因为总在深夜相见混了脸熟，她得知我住在沈致远的隔壁后，既羡慕又同情，后来只要轮到她值夜班，我们就会聊上几句。

"虽然很抱歉，但过了赏味期限丢掉太可惜了，如果朝仓小姐不介意的话，能和我一起吃吗？"

"啊，我真的可以吃吗？"朝仓早纪很开心。

"求之不得呢。"

等到朝仓早纪换班后，我们一起去了休息室。

她找出一次性餐盘和刀叉，将草莓蛋糕从中间切开，大家一起吃掉一半，剩下的一半实在吃不完，所以她小心翼翼地帮我包好，并找出新的保鲜剂，让我带回去放冰箱里。

被她这样细心地对待，我心里涌出暖意。

"你常常半夜过来，看起来很憔悴，店长他们也在担心。唐小姐要注意身体呢。"

"谢谢你们，我是失眠，身体还好。"

"总失眠可不是办法啊，睡眠对女生而言太重要了。"

"朝仓小姐。"我看着无忧无虑的朝仓早纪，由衷地感叹，"真羡慕你啊，年纪轻轻的做什么都可以，一份蛋糕也能让你的生活变得幸福。"

"不是的哦。幸福是一种心态，和年龄没有关系。一份蛋糕带来的幸福感不会放大也不会缩小，只是人的心变宽广了，那点儿幸福相对渺小了。所以说，让人变得不容易幸福的不是年龄，而是欲望呢。"

"成年人不只要和自己的欲望斗争，还要和别人的欲望斗争。"我叹气，"即使得到喜欢的蛋糕，也要担心它是否如外表一般是自己喜欢的味道；发现自己被骗了，也纠结于该吃掉还是扔掉，还要时刻害怕它过了赏味期限变成一坨垃圾。"

"唐小姐你是为情所困吧？而且像是被朋友伤了。"

"啊？"

"如果你手里的蛋糕让你产生的不安多于幸福，与其花时间纠结，不如放手去拿别的蛋糕。"

朝仓早纪轻轻擦掉嘴角残留的奶油，眼神明亮地看着我，接着说道："嗯，如果唐小姐是蛋糕的话，你就要相信，好吃的东西一定会有人喜欢，不会白白过期浪费掉的。"

五

周末因为和我妈约了吃饭,我再次出门。

后藤先生去横滨参加同学聚会,晚饭剩下我妈和我两个人。察觉这兴许是为了让我轻松一点儿特意安排的,我对后藤先生的好感倍增。但同时有点儿过意不去,上次后藤先生专门送芒果过来,说不定是想和我更亲近一些。

下午,我妈开车过来接我。她预订了位于西麻布的一家怀石料理店的位置。把车停好后,我们步行了一会儿,最后拐入一条安静的小路。

料理店在尽头的建筑的地下二层。

等候在玄关的女服务员把我们带去吧台,温柔的女老板替我们整理好随身物品后安排入座,然后拿出当日的菜单进行讲解。醇厚提神的茶水让我精神了一些。之后细心烹制的佐菜为茶豆和鬼灯的烤香鱼、盛在黑色瓷碗中的白色蒸鲍鱼、出自宍道湖的天然鳗,以及被称为红宝石的喉黑鱼烤制而成的饭等一道道精致的料理端上来,精致的器物泛着光泽,女老板在一旁温柔讲解的语调,让人被店内温厚内敛的气氛牢牢地包围起来。

我竟为涌出的踏实而伤感。或许自己潜意识里认为时刻沉浸在痛苦中才是理所应当的状态。在这样的想法下,即使细腻的丹波黑豆布丁融在口中,我也感到苦涩。

我妈若无其事地进入今天的正题:"沈致远成为你的朋友了吗?"

"妈。"我觉得要和她好好解释才行,"我和沈致远没有任何关系,他是一个不需要朋友的人。"

"有谁是不需要友情的呢?当你一直沉浸在被关爱的关系里,是不会感到辛苦的。"

"你这样说,我有点儿同情后藤先生了。"

"你以为后藤傻吗?"我妈白了我一眼,"总之你记住,人和人的关系能维持下去的原因,绝不是一味地付出,而是互相需要。"

回到家后,我打开空调钻进被窝里,脑海里交替出现近来听到的不同的声音。

每个人都有自己对于情感关系的定义,大家用自己的方式去执行和实现着,反而是我稀里糊涂,无法说明。而我是什么时候稀里糊涂的呢?是和周阳闹翻了以后,还是一直?

我打开微信,周阳的朋友圈没有更新任何东西。我已经全然不知她的状况,我们之间这么遥远了吗?

我努力蜷缩着身体,已经结束了,现在只需要好好睡一觉,等待身心慢慢恢复。

六

我做了一个梦。

梦里我下班回家,开门时只从包里掏出一把光秃秃的钥匙。这不是我的钥匙啊,我想着,慌张地倒出包里所有的东西在地上乱翻,却什么也没找到。再一抬头,发现我正站在一扇墨绿色的门前,可我家的门应该是深棕色的,原来这不是我的家啊,我四下望去,周围白茫茫一片,什么也看不到了。

惊醒后,我瞪大眼睛,然后扑腾着翻身下床。我飞快地打开行李箱的收纳包,太过急促,手背在剪刀上拉出一条长长的伤口,顾不了疼痛,直到看到那串熟悉的钥匙才深呼了一口气,跌坐在地板上。

平静之后,我跑去问沈致远借创可贴。几天不见,他盯着我无精打采的样子,最后放我进门。

伤口不深,有点儿长,沈致远觉得酒精消毒后用纱布包扎比较好。在酒精的刺激下,痛感增强,我的手不由自主地往里缩,被他瞪了一眼。

"痛。"我委屈地说。

"治好了才能不痛。"

沈致远熟练地包好纱布。

"怎么才能不痛啊?"我只想问。

"做个局外人。"沈致远回答。

我随口一问,意料之外的答案让我受到震动。

沈致远住了几年的房间和我临时搬来的空旷程度没差多少。桌子、沙发、书柜、衣柜、台灯,家具一眼就能看出数量。纯白的墙壁和干净的地板,配合简单的陈设,越发显得整齐。视线扫过厨房,突然饿了。我只从口袋里找出一百日元放到桌上,勉强换来一碗泡面。

"这个是四百五十日元五袋的吧?"

不知道为什么一到这个房间里,逻辑就自然清晰。

"人工费不算吗?"

我咂咂嘴,继续低头吃面。

我醒悟此时出现在沈致远的房间的原因:在属于他的小宇宙里,我不会轻易掉眼泪,这里冷漠、平和、不易改变。这让我暂时从自我伤心中脱离,远比深切的关爱、明亮的感召更能抚慰我的内心。

这就是局外人的生活吧,所以我和沈致远才能这般清澈透亮地轻松相处。

"每段情感,处于开始状态的人总是热烈的、有活力的,而结束状态中总是灰暗的、死气沉沉的,这不是你的问题,情感期限到了而已。"

沈致远有种魔力,让很多沉重的东西变得轻盈。后来我想,这种魔力不只是思想和氛围作祟,更多的原因是他有能力,有认为一切都能解决的自信。这正是我羡慕也缺乏之处。

"抓住真正让你高兴的东西,不要被外界的评价左右你的人生。"

七

　　剩下的草莓蛋糕的外表依旧华丽，近看时能看到奶油已经褪去光泽变硬了，表面有了很多小霉点。霉变的食物中含有黄曲霉毒素，不能吃了。

　　房间里闷得慌，我去阳台透气。

　　过了一会儿，熬夜加班的沈致远也出现在他家阳台上。

　　"结束了？"我是指工作。

　　"嗯。"他看向我。

　　"沈先生，我真羡慕你，真的。"

　　我发自肺腑地欣赏他干净利落的人生观。"你说像我这么傻的人生存的意义是什么呢？你们那种'机智狗'是不是觉得特别好笑？"

　　沈致远没回答，食指敲着栏杆，在寂静的夜晚发出有节奏的轻微的声响。

　　"傻小姐，你困不困？"他突然问。

　　"嗯？"

　　"你有三分钟换衣服的时间。"他说。

　　我以为沈致远要带我去便利店，结果他按了地下一层，接下来我不明所以地被塞进副驾驶位，直到车开出很远才反应过来。

　　两个人不说话，只是漫无目的地往前开，到了岔路口，他问我喜欢哪个方向，"左""右""前"……我随口瞎指一通，就这样越开越远。

　　不知道凌晨几点的时候，我们停在一家便利店的门口，还穿着拖鞋的我和衣服有了折痕的他邋邋遢遢地进去吃了两桶泡面，又打包了两杯现磨的黑咖啡继续上路。陌生的风景和路标从视线里迅速闪过，我看着天空从墨蓝变成暗白，从暗白变成红色，从红色变成蓝白色。路灯的光渐渐被刺眼的晨光取代。

我脑子里想着很多事,不知何时疲倦地睡了过去。

我在交谈声中睁开眼睛,天色已大亮,迷迷糊糊地看着周围陌生的环境,只辨别出三岛的地标。

沈致远正在给车加油,之后开进停车场里,我们下了车。

三岛在伊豆半岛中的北端,属于静冈县,是一个适合散步的城市。我们用谷歌地图查了一下,发现离三岛大社不远,据说那是伊豆半岛最大的神社,便决定过去看看。

在三岛大社的鸟居(类似牌坊的日本神社附属建筑,代表神域的入口)前行过礼后,我们踩着参道(神社所修建的供参拜的人行走的路)的小石路走进去。此时神社内很安静,前来参拜的老年人居多,在手水舍(神社中用于清净双手和口的场所)里,我们学着他们用木勺净手漱口。先用右手拿起木勺,从水盘中汲水清洗左手,将勺交到左手来清洗右手,然后将木勺放回右手,倒一些水在左手心里用以漱口。再清洗一次左手,双手扶着木勺将它竖起,让木勺中的余水顺着勺柄流下清洗勺柄,最后轻轻地放回原处。我心无旁骛,慢慢重复脑海里的每一个动作,心境平和。

我们去正殿参拜,将准备好的五日元扔进钱箱,行了二礼二拍手一礼(两次鞠躬、两次拍手、一次鞠躬),双手合十闭上眼睛时,我的脑海里却一片空白。我应该有过很多愿望,也有过很多疑惑,它们始终像模糊的影子在我脑海里浮游,如今,那些缠绕了我很久的东西逐渐变得清晰。信任与欺骗,现在与未来,我不想再去探究。这段时间以来我有种深刻的感觉,就是人的情绪可以变化得如此之快,理智和心理建设不堪一击。我像个不会游泳的人在幸福和悲伤交替的巨大浪潮里浮沉,即使上一秒浮出水面得以呼吸,很快又被卷入下一波悲伤的巨浪里。既然如此,那就不再执着,清爽地进入下一个阶段,看生活的巨浪最终会把我推向哪里。

我松了口气,精神也好起来。听从抽签处大叔的推荐,排队四十多分钟吃到了有名的鳗鱼饭,之后去了三岛天空步道大吊桥。因为天气很好,在大吊桥上能清晰地看到富士山,骏河湾和伊豆的群山也尽收眼底。桥下有很多笔直生长的树木,我看了很久,不能辨别出是什么树。沈致远在身后催我快点向前走。

我对着富士山深深吸了口气,感叹道:"我发现啊,即使不知道目的地在哪里,但只要一直往前走,总会发现一些好地方。"

都过去了。

这样想的时候,我已经不再只沉湎于失去的痛苦,而是期待未来的到来。

八

放下之后,就不再害怕面对。

后藤先生帮我订好了回国的机票。

"你打算一直待在日本吗?"我问沈致远。

"不。"沈致远说,"之后打算去加拿大。"

"想得越多顾虑越多,结果一事无成——成年人的通病。"

后来我才知道他早就开始学习相关的法律课程了,底气足的人说话会很轻松,真正有能力的人在哪儿都能活下去。就是这样的沈致远,才让人感到格外安心。

随后我去了便利店和朝仓早纪告别。

"要保持联络哦,等你明年来东京时我们再一起吃草莓蛋糕吧。"朝仓早纪笑起来,一如既往地可爱。

"真的谢谢你。"我发自内心地说。

我带着行李去我妈和后藤先生的家住了一晚,晚餐是他们合作而成,都是我喜欢的菜。三个人同时起筷,开开心心地一起吃饭。

隔天,我独自去往成田机场。途中因为不舍而伤感,但一转念,留恋的人依然在这里呢,我还会再回来,就又高兴起来。

车窗外,明亮的阳光普照着大地,整齐的建筑和绿色麦田快速经过,带着我驶向下一个未知。但我不再迷茫,也不再害怕,无论迎接我的将是什么。

 授课

在故事中塑造不同性格与观点的人

我打算创作这个故事时,正好要去上海参加两岸文学营的交流活动,主办方要求参会者带一篇自己的作品过去,所以我待在家里用一周完成了这个故事。它也是我正在创作的一个与爱情有关的短篇系列中的一篇。

正如题目所示,《赏味期限》是讲"期限"的故事。在这个快速发展的消费时代里,友情如同食物一样有保鲜期吗?过期后如何处理呢?不同的年轻人对此有什么不同观点呢?近几年我在日本生活,有时我也会思考中日年轻群体之间对友情的看法会有什么区别呢?在写这个故事之前,我没有设定答案,随着故事的展开,不同性格和观点的人呈现出不同的言行,自然也有了不同的选择和结果。

如小马过河的创作过程本身也真的非常有趣。创作可以是记录,也可以是探索。如果在写作过程中遭遇瓶颈,或者怎么也想不出答案时,不妨给自己一些时间,跟随生命中经历过的那些故事回头看一看。

课后自习小站

1. 想到什么就马上记下来。有时从有趣的梦里醒来也可以随手记在手机备忘录或者笔记本里。捕捉灵感迸发的每一个瞬间就像收集种子,也许在某一天就会生根发芽,长成大树,在瓶颈时也可能会派上用场。即便只作为记录也是好的,比如年终时翻看下这一年记录的梦境也很好玩。
2. 管理时间很重要。安东尼·特罗洛普每天从凌晨五点半写到八点半,会把手表放在他的正前方,要求自己每十五分钟写出两百五十个字。他写完后要去邮局上班,就这样在三十五年中写出了四十七部小说,超过与他同时代的狄更斯、撒克里等人作品的总和。
3. 懂得写规划。年初写目标,先给大时间段做出计划,然后落实到月计划和周计划。可以在手账本上写每天做的事,哪些事可以再提高效率,哪些事可以省略,一目了然。而在时间平衡方面,可以在特定时间内做最高效和最紧急的事。晚上注意力集中适合写作,进入状态后人往往没有昼夜观念,可以一口气写完,完成后睡一个忽略时间的觉。
4. 遇到瓶颈的时候,可以去散步,有助思考,也能锻炼身体和放松心情。如果在散步途中,想不到解决办法就继续往前走,呼吸下新鲜空气也总比把自己关在家里好。

李嘉茵的写作课

- 写作理念
- 写作现场
- 授课
- 课后自习小站

文学冠军简介：李嘉茵，1996年生于山东泰安，毕业于厦门大学中文系，现就读于南京大学文学院。南京市第二期"青春文学人才计划·青蓝人才"签约作者。曾获第十四届全国新概念作文大赛一等奖、第十五届全国新概念作文大赛二等奖、第一届中国新编剧大赛第九周周赛冠军、第十一届中融全国原创文学大赛小说组三等奖等奖项。小说发表于《雨花》《青春》《芳草》《山东文学》《福建文学》《长江文艺》《萌芽》等期刊。

写作理念

时刻捍卫作品自行说话的权利

我是一个意志薄弱的人,唯有写作这件事坚持了很多年,大抵是因为这件事带来了精神愉悦。在我看来,写作如一场飞行:漫步,助跑,骤然而起,离地,凌空,缓缓爬升,直至望见舷窗外飘浮的金色云朵。惯于写诗的人往往乘坐热气球即可升空,直升直落,而我能做的只是缓慢地拉起操纵杆,缓慢向上至云絮之间。中途,我会短暂地松开双手,任凭它在云间颠簸。这是写作过程中最令人心驰神往的时刻。

很多时候,写作冲动是在一种情绪的驱动下产生的,尤其是紊乱和不稳定的情绪,但在写作过程中,情绪需要被逐渐冷却,写作者需跳出自身,于外部审视由内在心灵凝铸而成的文本。在开端,自我怀疑无可逃避,只能硬着头皮往下走。写作者往往有一种善于沉溺的内向性禀赋,这一特质在阻碍写作推进的同时,也使写作得以继续生衍。总之,在书写过程中,沉溺的同时,还是应努力抽身于外,以确保理性和审美判断在场。在我眼中,真正理想的作品可以诠释作者自身,但是反过来,作者对作品的阐释将永远不能穷尽。作者应时刻捍卫作品自行说话的权利。

> 写作现场

水晶市集

　　海城是座小城，靠海。卫泱提着行李下了飞机，转乘机场巴士，再转乘乡镇中巴车，在正午时分抵达海城客运中心。她走出车站小广场，还没站稳脚跟，三五个黑车司机便围拢上来，问道："去不去水晶市场？"她摆摆手，迈开两步，绕开手持"某某招待所"印刷纸板的老阿嬷，走至马路边，一条肿胀的野狗从她身侧跑过，它跑动时，腹下的赘肉一直乱颤。

　　卫泱回头看了一眼，野狗正向车站广场跑去。广场一角聚拢着一群四五十岁的中年男人，他们穿着泛白褪色的军绿色外套或牛仔布衬衫，体形矮瘦，面色如土，发顶稀疏，穿土白色胶鞋或深绿色解放鞋，三两闲谈，或围坐一圈玩纸牌，身前放置着一张张立起的纸板，写着疏通管道、修缮屋顶、搬运建材之类的字句，仿若一页页产品使用说明。他们在广场上无所事事，闲坐等待。

　　卫泱收回目光，看向路面，想挥手招辆正经牌照的出租车，缓缓开来停稳的却是辆面包车，副驾驶侧的车窗摇落下来，探出一个灰白色的头，老阿嬷问："去哪里？"她道谢，说："不用了。"老阿嬷招手示意她上车："打车多贵，拼车便宜啦。"面包车的车门应时推开，车内并排坐了两个袒露着青色头皮的年轻男人，外形相仿，好似兄弟。驾驶座上，中年司机一手撑着方向盘，一手夹烟，向她看过来。如若四人组成绑架团伙，这配置堪称豪华。

她不想冒险，便拖着行李箱走开。过路的出租车司机不时停下问询，过分热络，反倒令她心怯。她没有上车，便一直在路沿上走着。预订的宾馆位于晶都大道和幸福北路的交界处，离此地不远。

三五辆红色重型货车驶过，路上沙尘飞扬，尘埃悬浮许久才落下，到处灰蒙蒙一片。她有一瞬间的恍惚，仿佛自己仍置身于那座西北小城中。沙石碎屑自空中飘降，落在挡风玻璃、行人衣帽、榆钱叶子和麻雀羽毛上。

街面上的商铺全部采用红底横条纹的招牌样式，配上极度相似的白字宋体商铺名，像是出自同一家印刷公司之手。她右手边有一间卖粉面的店、一间摩托车兼自行车修理店，还有一间猪肉铺，屠夫沿街叫卖，砍剁猪肉。她路过时侧目而视，只见一只橘粉猪头慈眉善目地稳卧案上，周遭苍蝇飞舞，挥之不去。

卫泱

卫泱是在午后三点来到水晶市集的。她在一棵矮树的荫翳下独自等候了两个小时，其间不停翻看未读邮件和未接来电。在第一百二十分钟的时候，她终于拨出了那串号码，低沉的女声告诉她这是一个空号。她意识到她要等的人不会来了。

她踟蹰了一会儿，转身走进背后的水晶市集。

她在第四个摊位旁停下脚步，红布铺在水泥地上，摆满晶石。她蹲下身，从那红布上拈起一块指甲盖儿大小的茶色水晶，晶体澄澈，结着一缕淡云，泛着暮色。她回想起了父亲在年轻时戴过的一副茶色墨镜。在一本厚厚的影集里，这副茶色墨镜如云絮般默不作声，掩藏起了他的全部神情。

摊主起初要价五百块,她没有那么多余钱,转身欲走。他让价到三百块,说可以额外帮忙加工做成吊坠,她可明日来取。

第二日她将这件事忘了干净。此后三日都不曾迈出宾馆房间一步。

同一个号码,她平均每日拨打三次,冰冷而低沉的女声始终等候在听筒对面,坚定且耐心,一遍一遍地告诉她:"您拨打的号码是空号,请查证后再拨。"她查对过与他的聊天记录,没输错数字,是号码本身的问题。此外,她每日发两封电子邮件,多次登录论坛发送私信,试遍一切发声方式,像是往一个深不见底的井口中投掷石块儿,深井吞咽下所有声响,激不起任何水花。联系彻底切断,杳无音讯,无从抵达。静默着,无声无息。

终于在第四日傍晚,她走出宾馆的白色房间,走向最近的派出所,一个穿着短袖制服的青年正坐在岗哨亭中昏昏欲睡。她推门走进去,嗓子紧绷,她张口说:"先生您好,能不能帮我找个人?他失踪了。"

她涩滞的声音在窄屋内悬浮着,被四面墙壁弹回,带着一丁点儿颤音。

卫泱来海城就是为了与他见一面。她不知他真正的姓名,只知他在论坛上的网名:青来。他们是在论坛认识的,青来总在一个毫不起眼的角落发布诗歌,回声寥寥,卫泱存下了他的每一首诗,为了不漏掉任何一首,她每隔两周便会在论坛里检索一次他的名字,默默抄录,却从不评论点赞,她将自己掩藏起来,像一个默默在他诗歌身侧盘桓的幽灵,舔舐着这点儿来自遥远异空的佐料。

卫泱在少年时代近乎是不知愁的,悠远的夏日,明晃晃的日光。此后,多年来建起的堤岸慢慢溃烂,她看到了生活背后的龃龉。回想从前无忧无虑的日子,如一场刑罚。她眼睁睁看着生活伸直臂膀,挺起腰杆,立在射靶前,独独等待着十四岁之后的一声枪响。

父亲的仕途突然被毁，他索性辞职，赋闲在家带儿子。在城东的另一个家，她的高中时代在寄居、逃课、闲游晃荡中零碎度过。高考结束后，她被一所从未听闻的学校录取，离开位于东部的家乡，去往西北边地。本是可以选择留在东部的，而她拒绝了家人的提议，她想去往一个无人知晓的地方。远赴异乡求学后，她很少回家，再也没见过父亲，甚至将他步入中年后的相貌也忘记了，只记得五岁时的那张相片，他倚靠在江边的围栏上，戴着一副巨大的茶色墨镜，辨不清神色，面目模糊，像置身于一片雾霭中。

她在学校读书三年，印象中，降雨很少，沙尘每日在光下悬浮。某年很特殊，几个月之内，阴雨绵绵。

她离开学校的前一日，学校对专业撤销一事保持缄默，各部门鸦雀无声，学生们则像是被猛然投进煮沸油锅中的蝌蚪，瞬间溅起滚烫油花，一刻不休地蠕动，试图寻找出路。卫泱远离了集体活动，坐在床上发呆。那天天气凉爽，她等至傍晚，室友们还未归来，晚风掀弄窗帘，她开始收拾行李。第二天清早，她没跟任何人告别，离开了那座小城。离开的那天，落了星点细雨。

继续待在原处，是毫无意义的，她想。"既然偏离了轨道，想沿过去的道路折返，已近乎是不可能之事。"她在论坛上敲下这些字句，发给青来。青来没回复。隔日，他在论坛上发出一首诗，题目是《水晶市集》。

那时他们已经熟络了不少。她说，她想出版一本他的诗集。在他面前，她所告知的虚假身份是一家出版社的编辑。借着谎言的掩盖，她终于得以坦诚地告诉他，她喜欢他的诗。有了诗集的托词，她时常同他在网络上交谈，一开始用论坛账号留言，后来直接用电子邮箱发送信件，两人聊得断断续续。她时常担心自己伪装的身份会被戳穿，也随之想好了被揭穿后的说辞：一旦他开始详尽追问她应允出版的那部诗集的进展,她便会充满歉意地告诉他,自己已于上周离职,他的诗集项目可能无法继续进行下去了,但他不必灰心,她会努力一番,劝说其他出版社的同仁承接下他的诗集。她将一切谎话编造圆融,他却始终没问,对于诗集出版这件事,他仿佛并无兴致。

离开学校后,她回到东部,在某沿海城市住了几日,白天在餐馆打零工,夜里开始整理他的诗歌,并将那首最新的《水晶市集》抄录下来。

鹤在市集叫卖,
龟背碧玺、烟霞水晶,
散步时偶见,
坟茔、逆子、绿幽灵……

岩浆忽然融化,
她望见落日垂下,
烧焦了褐色的群鸟。

发廊少女的嘴唇,
生长莲藕,
莲花白,
涂满流言、病语,和脏话。
…………

她在心里默念这首诗,发了消息给他,问他关于水晶市集的事。他回复说:"这是一个真实的地名,就在海城。"她查阅了地图,发觉自己与海城只相隔一省。她说:"明天下午在海城见面怎么样?就在水晶市集门口。"他陷入了长久的沉默。在她准备睡觉之时,他终于回复说:"可以见面,明天下午三点。"她立即订了一张机票,飞赴海城,却空等一场。三日之后,她在黄昏时刻敲开岗哨亭的窗户,顾尧睡眼惺忪地抬起头,她请他帮忙寻找青来的下落。

卫泱离开派出所后,走上一道长长的下坡,她抬头望见漫天云烟,红霓渐渐淡褪,浮起茶褐色的光。她想起了几日前托人加工的那枚水晶吊坠,还没去取。

顾尧

天空烧起来了。落日时分,天空像是被人破开了一个血窟窿,晚霞深红,恣意流淌,像止不住的血水那样绵延千里。顾尧抬头看看天空,想起了十三岁时与同伴上山采掘水晶的那个傍晚。

天边一抹胭脂红,许久才散去,天光暗沉下来。顾尧与几个十五六岁的同伴一起拎着铁铲和钢叉上了玉山,此玉山不产玉,产水晶。他们顺着火红的石英向下挖,挖了两米深,坑中露出星点胭脂泥,又向下挖了一米半,掘出几块晶石。当晚,他捧着晶石回家,拿给外公看,外公笑笑说:"不值钱的,拿去玩吧。"

他记得,在那晚采掘晶石的人群中是有亮亮的。不,分明不是。亮亮失踪于1999年的夏夜,那一夜平静且凉爽,前日暴雨滂沱,池塘涨满水,顾尧从邻居家鱼塘外的泥地上看到一条黑鱼,黑鱼鼓动着血红的腮盖,肥厚的鱼唇一张一合,他蹲在原地看了它一阵子,忽然想起了亮亮,亮亮的嘴唇同亮亮妈妈的一样,上下唇几乎同宽,显得憨厚老实。顾尧捡起一片宽大的梧桐叶子,将不住喘息扭动的黑鱼盖在下面。亮亮的失踪是所有人始料未及的,他们那日傍晚不过是在进行着十岁孩童都爱玩的警察游戏。亮亮和小凯扮演警察,顾尧、阿泽扮演逃犯,他们两个人钻进停工的工地,躲藏在矮墙边的一堆石子后,一直待到太阳彻底熄灭，亮亮和小凯都没前来找寻，他们兴味索然，不再躲藏，没走多久就碰见了小凯，三个人在空地上呼喊亮亮，亮亮没露面，他们便各自回家了。

从此以后，顾尧再也没有见过亮亮，因此亮亮绝不可能出现在2002年采掘水晶的队伍中。他印象中的那人大概率是阿泽。阿泽与亮亮沾点儿血亲，眉眼相仿，而阿泽天生两片薄唇。他去年见到阿泽的时候，阿泽面上遮上黑口罩，露出与亮亮相似的单眼皮，他从散落一地的瓦砾上跑过。

亮亮失踪后家人报了案，警察钟叔说有人反映那晚在村里见到了陌生人，亮亮可能是被人拐走了。十年后，顾尧成了钟叔的同事，他不断追问当年的细节，试图搜寻亮亮的踪迹，最终还是一无所获。

顾尧当辅警之前，在清水湾的一家店里做了一年服务生。他高中毕业后，没读大学，想不出还有什么去处。每日凌晨，天破晓时，他默默清扫着散落一地的烟头，站在池边清洗粘满口红印的玻璃高脚杯。白日里，清水湾是沉寂的，顾尧中午睡醒后无所事事，他踩着拖鞋在街上闲荡。正午阳光顶在头上，炽烈热辣，像身后追撵着一阵蜂群。他面颊感到刺痛，眯起眼睛，绕至房檐下行走，不时抬脚跨过墙脚处堆放着的石子。

不知从哪儿传来的拆迁消息，旧城村中，家家户户都建起高楼。他们从前总爱在石子堆上玩，或躺或坐，捡起一粒石子，方方正正带棱角，搁在手里掂着玩，击打树梢上的雀鸟或是过路的流浪猫狗。

一年后，顾尧的远房堂姐结婚了，堂姐夫在某次家庭聚会时问起顾尧的工作，顾尧说在打零工。堂姐夫说派出所正在招辅警。舅舅在一旁附和："这才是份正经工作。"顾尧闷声坐在一旁，搁下筷子，说："不太合适吧。"舅舅一巴掌拍在他背上，说："怎么了，别怯啊，从小不是挺厉害的？"

舅舅在城里开摩托车修理铺，顾尧从小住在外公外婆家，放学有时会去舅舅的修理铺待着。夏天屋里热，他就蹲在修理铺门前的空地上，捡起沾满机油的摩托车零件玩，墙边摆个绿色塑料水盆，常年盛一些污水。舅舅在一旁修车，他蹲在水盆边，撩起水盆中的水擦洗轮胎，查看漏气与否。舅舅很少洗手，两只张开的大手如同泥塑，掌心纹路纵横，生满硬茧，高低不平，手背常年黑黢黢的，泛着轮胎的色泽。顾尧长大后，能帮他简单修理摩托车，有时去街对过儿买两份面，等他忙完手里的活，支张矮桌，一人一碗对着吃。舅舅劝顾尧去考辅警，顾尧硬着头皮报了名，胡乱考了一回，没想到面试通过，体检通过，政审通过，正式入职了。

他一个人，不用养家，去外婆家吃住，每月工资的一半交给外婆做伙食费，日子虽紧张，但添添补补，还是过得下去的。外婆外公同当地大部分人一样，做水晶生意，两个人每日轮番去街上摆摊。后来建起了水晶市场，他们的摊位搬进了公共遮阳棚下，稳定许多，开始无风无雨地过日子。

城北镇子边有个垃圾场，本是一大片凹陷下去的洼地，不知何时起，城中的垃圾运输车开始将此处视作终点站，邻近村镇的居民也来这里丢垃圾。顾尧小时候，也与同伴们一起来垃圾场探过险。

那时亮亮还在身边，阿泽还没成为身形壮硕的打手，小凯还不曾流离漂泊。那时，这里还是一片垃圾海洋，他们走入其中，在飞绕的蚊蝇中，还能翻找出一两件像样的玩具：掉了三个轱辘的小汽车、外壳崩裂的悠悠球、扳机坏掉的塑料玩具枪。他们高兴异常，视作珍宝。

几人成年后，无尽的垃圾海洋变作连绵的垃圾群山。垃圾垒成的高山，平均海拔十米高。依然有附近村镇的半大孩子来这里结伴嬉戏，继续着他们当年的探险游戏。

除了孩子、垃圾运输车司机、拾荒者、流浪者之外，这里鲜有人涉足。也有人不小心将金戒指或金手表扔进了垃圾桶，后知后觉，跑来垃圾山翻捡，自然是翻不到的，只能骂声晦气，怏怏离开。

垃圾场距离海城唯一的机场不过几里路。午后三点，总有固定一班飞机轰鸣起航，在垃圾场上空划出一道引线，在通往西北边陲的天路上，飞机在薄云间激起一波碎浪，过后，引线渐渐虚渺。顾尧在街面巡逻时，会不由自主地抬头看看。

顾尧没出过省。海城有个小机场，他听外地调来的同事说，这个机场是他平生所见最为不堪的机场，候机厅狭小得像候船室，清洁工仿佛是从收费公厕借调来的，所有公共设施都肮脏陈旧，苍蝇在所有人头上乱舞。最后，同事用调侃的语气说："你知道吗，登机时有三五只苍蝇跟着乘客钻进了客舱，免票搭乘了这趟航班，享受了一番飞跃高空的快感。"

顾尧心想，飞机落地时，它们可能惊讶地发现自己与周围的苍蝇是那么不同，两小时的航行超越了它们一生的飞行里程。真是不可思议。细数自己的前半生，竟不如这两只苍蝇。

同样令他感到不可思议的是，卫泱从大学辍学，没有回家，来到南方打工，因一个玩笑般的邀约，搭乘两小时飞机奔赴海城，寻找一个下落不明的陌生人。

海城不大，但人口流动迅疾，各色人等涌进涌出，几乎每隔两日就有人失踪，从满月婴儿到耄耋老人。那日顾尧正在岗哨亭值班，昏昏欲睡，被她唤醒后，他带她走进派出所填写信息，而她对所有问题的答复都是不清楚的。她只知道他的论坛网名，他们通过论坛私信和电子邮箱联系，他留给她的手机号码被证实是空号。

顾尧摸摸耳垂，眯起眼睛，想了想，拿起座机，拨通内线电话，向同事询问。两个人沉默着静待回音。半小时后，电话响起，顾尧接听，对方回复得模棱两可。有效信息太少。顾尧冲卫泱摇摇头，表示无计可施。但他还是与她互留了号码,并承诺一有线索便会同她联络。

从前他很少主动揽下这类事务,一贯听从安排和差遣,更何况第二天是休息日,他可以一觉睡到中午,在街上乱走,太阳落山后在单人皮质沙发上瘫坐整夜。他本该像往常一样冷下面孔将这件事推开,而这次他却犹豫了。他感到一种难以言说的情绪如海潮般漫上堤岸。他想要参与进来,参与她的寻找,像是在疲乏而无趣的游戏中,忽然遇见一个新鲜玩伴。

他问过她辍学的原因,她只简单地回答说:"我无法在学校里得到自己想要的东西。""不是毕业证这类东西。"她补充说:"我念的是管理专业。"他好心地提议:"可以更换专业。"说完之后,他有些心虚,仿佛无意中将自己乔装成了一个过来人的样子。

显然这个屡弱的提议根本没有用武之地。她摆摆手说:"不是这个问题,实际上,任何专业都是一样的。"他低下头不再说话。"学什么都是无意义的。"她补充道。"当然,可能是我病了。"她满不在乎地笑笑,"所以我想找到他。我相信,有很多事情他可以给我答案。"她的语气异常认真。

他看着她,像是在观赏水晶球中纷扬的雪景。

有天夜里,她打电话给他,问他事情是否有进展。他沉默一阵,在黑暗中摇摇头说:"没什么进展,很抱歉。"

她叹了口气,说:"我后天就要离开了。"

"明天下午三点,去不去水晶市集?"他听到自己的声音在黑夜中浮出,像骤雨前在水塘中憋气浮头的鱼。"说不定能找到什么线索。"他补充道。

她没有迟疑,立刻答应下来,对他说:"明天见。"挂断电话后,他在黑夜中睁眼躺了很久。

水晶市集

顾尧到来时，卫泱已在路边等候多时。他模样懒散，看上去与海城中的任意一个青年别无二致。他盯着她脖颈上的水晶吊坠看了很久，她觉察到他的目光，索性取下吊坠任他端详。

他说："这块水晶是合成的，掺了塑料或玻璃，不值什么钱的。"

她摆摆手，说："没关系的。"

她又说："来这儿，有一种特殊的感觉。"

他问："为什么？"

她说："他写过一首诗，名字就叫《水晶市集》。"

他笑笑说："今天正好是开集的日子。"

水晶市场每月开集三次。开集是海城最盛大的日子，几十顶蓝帐篷撑起来，横贯整条街巷，喧嚣热闹，南来北往的游客和商贩汇聚在老城的街边，成色上佳的水晶与看上去成色上佳的水晶都十分抢手。最早开掘水晶的那辈人已富得流油，他们建起了第一代水晶市场。现如今，老城里的每家每户都有人做水晶生意，有的发了财，有的折了本。

顾尧带卫泱走至外公外婆的摊位前。他们是一对慈眉善目的老人，也算是初代水晶商人，从不做弄虚作假的事，他们不懂得潮流，摊位上的水晶饰品和摆件都是十年前的老款，哪怕原料上佳，还是卖不动，放在架上吃灰。

顾尧与外公外婆说了几句话，卫泱听不懂。随后，外婆笑着掏出钥匙，打开玻璃展柜。顾尧在玻璃柜前端详片刻，拿起一块茶色水晶。他将水晶放在她手中。晶体内飘荡着一层云絮，藏着些斑驳破碎的东西，如烟如雾。她摇摇头，将水晶递还给他。

他说："这块棉絮更重，但是天然的。戴一阵子，云雾会慢慢散开，晶体会变得通透。"她说："身上这块就很适合我，不是天然的也没关系。"随后将这块茶色水晶重新放回玻璃柜中。

一架飞机从西北方驶来,掠过两个人上方的天空。顾尧抬头,在阳光下眯起眼睛,望着机翼扫过的云絮。

"我带你去新城那边看看吧。"他说。

他们走出市集,随手拦下一辆出租车。

卫泱问顾尧:"在家做水晶生意不是很安逸吗,何苦要做协警呢?"

他笑笑。"这行看着热闹,现如今也赚不来多少钱。"他说,"海城这边的晶矿快采完了。"

卫泱回想起来时乘坐的破旧中巴车,坐垫椅背破败不堪,车头上方的电子显示屏却是新装的,黑底红字,滚动播放着一行字——"每年,六千人奔波在马达加斯加、巴西、巴基斯坦、越南、南非、赞比亚、俄罗斯等地采购晶石,运回海城交易。"这仿佛是晶矿采掘殆尽的预兆。

他们下了出租车,走在新城的街道上。新城路面洁净,一切崭新,行人寥寥,空气中飘荡着一股新鲜的油漆味道,处处可见高悬的吊臂,许多新楼尚在孕育之中,它们裹着一层严严实实的绿色胎衣。水泥灰的高楼刚刚建好,有的墙面尚未粉刷,有的刷了一半,它们站在那里,恍惚、茫然、不知所措。

老城太小,拆毁一座钟楼、拔除一棵百年老树就算是伤筋动骨,于是在城镇北面,离垃圾场不远的地方,政府划了片荒地,要建新城。地产商们天生嗅觉灵敏,提前数年蹲守,将荒野连带农田一起扒个干净,驱离所有野物,将墓园夷为平地,建起高楼。新城太新,楼宇高耸,孤旷,水泥铸成一座空城。人们在新旧城区间辗转,有些无所适从。机关、学校、商场、医院都要迁往新城。牧羊人挥舞着手上的皮鞭,驱赶羊群,办法古老却有用。待人们想起旧城区的种种时,回首一看,旧城改造已默默进展至中程,东拆拆西拆拆,旧式建筑翻新重建,城中心的老树移居他处,记忆中最合心意的小食店不知去向。人们怀着回忆的心情前来,物是人非,找不到一处落脚之地。人们怏怏起身,脑中回忆的图景再也无处参照,只能悬浮着,且只得在脑海中一直悬浮下去。

他们在回程中路过了那个庞大的露天垃圾场。两个人沿着垃圾场边沿走着,像是在海滩上漫步。白日里,这儿燃过一场火,在离岸很远的地方,泛起一片焦黑,空气中弥漫着一股难以言喻的味道。

水晶滩涂,
三十七只渔船乘上白月,
下潜。

她默念着,声如叹息。
他侧头看她。
"那首诗的结尾。"她解释道。
他说:"对不起。"今天他带她乱走了一天,也没找到什么东西。
"没关系,找不到也好。"她低声说。

夜幕降临,他请她到常去的一家饭馆吃饭,这家饭馆位于新旧城区之交。点好菜后,顾尧起身去洗手间,路过包间,坐在包间门口的人抬头看他一眼,两个人对视,是阿泽。阿泽同身边人打了声招呼,走出包间。
阿泽说:"尧哥,好久不见。"
顾尧笑笑,问:"你最近在做什么?"
阿泽说:"老样子,混口饭吃,其他事也不会做嘛。"
第二天晚上,顾尧打电话给阿泽和小凯,说他们好久不见,想约出来吃点儿烧烤喝点儿酒。
小凯说自己不在海城,在公路上跑运输,这一路运气好,没被交警扣住,快到河南省界了。阿泽按时来了,两个人找个烧烤摊坐下,见面寒暄，然后顾尧对阿泽说："别做了，违法，要被关起来的，不如找个正经营生。"阿泽那天没戴口罩，只说："好的，好的，做完手上这单就不做了，一切听尧哥的。"结账时，阿泽拦下顾尧，自己晃晃悠悠买了单，回来拍拍他肩膀，说："我知道做辅警很辛苦，注意身体啊。"顾尧眯起眼睛，看看他，没说话。

没过多久，阿泽与同伴在新城驱赶拆迁地住户时，舞刀舞棍，架势过猛，一对老夫妻，一个被打得脊椎骨折，一个当场心梗发作。阿泽与同伴被火速擒获、羁押、判刑，刑期四年半。

阿泽头脑活泛，自由受限，却不忘四处请托求情，求到顾尧那里，顾尧没应。阿泽入狱期间，阿泽外婆在家中做活儿，突发中风，差点儿偏瘫。顾尧去照看了几日，受阿泽之托，帮着请了一位看护，探视时顾尧告诉阿泽："外婆情况已稳定，不用担心。"阿泽痛哭流涕，说："悔不当初，你帮帮我吧。"

阿泽刑满出来后，又同顾尧、小凯吃了顿饭，三个人喝得烂醉，搀扶着回家。

飞机

他送她至宾馆门前，她向他挥手，随后推开旋转门，走进玻璃盒子。她推着旋转门转了半圈，转过身来，见他未走，又转过半圈，从玻璃盒子中走出，重新站回他面前。

"怎么回来了？"

"练习一下告别。"她笑笑说。

"明天什么时候走？我送你。"

"下午三点的飞机。"

卫浃回到房间，躺在床上，床头夜灯亮着，她将那枚水晶吊坠的绳子缠绕在指间，水晶吊坠悬在空中，她目不转睛地盯着。夜灯昏黄，晶体澄明，结着一丝云絮。她微微旋转水晶，视线里，花朵形状的灯罩扭曲变形，光线浸润了一层茶褐色。她令水晶在指间快速转动，透过晶体望着灯泡，流光变幻，生出一阵眩晕感。

茶色墨镜贴在她的脸颊上，父亲抱着年幼的她，站在江边雕塑前，拍了张合照。相片中流溢着淡淡雾水。茶色玻璃，茶色水晶，她周身笼罩着一层烟雾。意识渐渐涣散，即将沉潜入梦时，手机铃声忽然响起，梦境之门骤然合上，她惊醒过来，如同潜泳上岸，心跳加速，摸出枕边的手机，屏幕在黑暗中一片惨白。来电人是顾尧。

她按下接通键，问他："怎么回事？"顾尧沉默了一会儿，才缓缓开口说："在城外垃圾场发现了一具尸体。"

她一时无话，思维卡住，像牙齿落尽的老牛，吃力地咀嚼这件事，动作迟缓。

半晌，她问道："你说会是他吗？如果是他，他让我来到这里，为了什么呢？"

他在电话那端叹了口气。"调查需要时间……你明天还走吗？"

她沉默许久，从黑暗中起身，没开灯，握着手机，来到镜前。镜子被手机的屏幕光映亮一片，纷纷扬扬的灰尘正从镜前旋转着飘落。她盯着镜子，镜中的面孔有些陌生、僵冷、泛白，像一张本应躺在垃圾堆中、被揉皱且漂白过度的卫生纸。

"对，明天走。"两个人在电话两端各自沉默。她最后说："没关系，晚安。"

她重新躺回床上，被子掩至胸口，闭上眼睛，脑中一片混沌。她强迫自己想象明日下午三点飞跃高空的情景。天光朗润，云絮绵白。随后她想起，在从前，三年前或两年前，一个雪天，学校所在的片区停水停电，她裹着棉衣走在街上，雪片簌簌飘落。她钻进学校附近的一条窄街，找地方洗头发。她稍做停留，走进了街口那家大桥头美发店。店内只有一个青年值班,他年纪不大,最多二十岁。见她进来,他满面笑容,热络招待,替她倒了杯热水,让她躺在洗发的窄床前。他手指灵活,在她盖满白色泡沫的发间游走。

他们共同沉默着。她觉得自己的头颅像个被摆弄的泥塑罐子,便开口同他闲聊:"这么大的雪,来剪发的人很少吧。"他说:"是啊。今天一整天都很无聊,没什么客人,也没什么事做。"随即换上戏谑的语气,又说:"像你这样的姑娘,都应该在雪天出来洗头发。"

她说:"不用做事不是挺好,发呆就行了。"他不作声。过了一会儿,该冲水了,他说:"我不喜欢发呆,坐飞机时最烦,只能坐着发呆,有一次在飞机上跟空姐吵了起来。"她问:"为什么?"他说:"她让我关掉手机。我想继续打游戏,不想关机。"

她没接话,他手上忽然加重了力道。她闭着眼睛,头皮微微发痛,头发被拉扯着,像干枯柳枝那样纷纷断裂,他坐在床边帮她梳理头发,她的头发从前是厚实丰美的。

一起吃过早餐后,他同她一道去学校。下了晚课,她有时随他一起回去,有时不。坐在他的车上,经过一个隧洞,光线昏黄,她坐在副驾驶位置,侧头看向窗外,挨个数着洞壁上镶嵌的人造光点。

她于清晨时刻醒来,发觉头顶的夜灯却是亮着的。窗帘完全合上,不留孔隙。室内暗沉,黑夜盘踞在床周,仍未离去。她眼睛不眨地盯着头上的花朵形状的灯罩看了一阵,闭上眼睛,它仍在视网膜前旋转着,一阵眩晕感袭来。

这阵眩晕感一直持续至下午三点,她一阶一阶登上飞机舱梯,坐进机舱座椅,在高空之上俯瞰地面时,它才消失不见。

垃圾场

飞机延误二十分钟,顾尧与机场警务室的人打了声招呼,陪卫泱一起走过安检。踏入候机厅时,他想:没错。对于这个机场候机厅的描述,同事的话真的一点儿不错,这里看上去同小型客运站的候车室如出一辙,而这块方寸大小的地盘却与无尽的远方相接,像一个脆弱的风筝线轴。

他们静坐在粘满饼干碎屑的座椅上,说着不咸不淡的话,成群的苍蝇在身侧盘旋飞舞。

广播站开始报这趟航班的登机时间。顾尧站起身,拉起她的行李箱拉杆,送她走入排队检票的人群。

他说:"等我得知了关于案件的消息,会联系你的。"

她说:"不用了,谢谢。"

他说:"你之前疑惑的问题,找到答案了吗?"

她笑笑,什么都没说,从他手里接过行李箱拉杆,径直走向检票队伍。检票过后,她从向前的人潮中脱离,回身寻找他,冲他笑笑,挥手告别,随后重新汇入人群。

他走出候机厅,一路走回旧城。阳光刺眼,他不时抬头看天,一架飞机掠过云絮,拖曳着一尾长长弧线,分隔蓝天,而后远去,弧线渐渐淡褪若无。

倏然,他感到裤袋中的手机在振动,掏出手机,见她发来一条消息:"飞机正途经垃圾场上空,我想拉开舱门看看能否见到你。"过了一会儿,她又发来一条消息:"开玩笑的,再见啦。"

他看着那架飞机逐渐远去,飞往另一个世界。他眯着眼睛望,直至眼望不见。

之后的日子里,顾尧还是同往常一样,不值班的日子就在街上闲荡,有时叫上同事一起吃海鲜吃烧烤,呼朋引伴。月光落在他脸上,在半生不熟的人群之中,瘫成沉睡在海底的鱼虾。

那具尸体的身份查明了。顾尧读了老钟写好的报告,死者是某报社的离职记者,排除他杀。

半个月后,阿泽死于一场帮派群架。人是在垃圾场发现的。

阿泽葬礼那天,顾尧和小凯一同去了阿泽家,帮阿泽外婆处理丧葬事务。他家没什么男丁,父辈早逝,堂兄堂弟七零八落,风吹似的飘散各地。来吊唁的人很少,大都是远亲。摆酒席时,稀稀散散凑了两桌人。顾尧同小凯坐在一起,身侧空着两个位置,他将那两个空杯倒满。酒席结束后,他举起两杯酒,扬洒在地上。

夜里,顾尧同小凯去清水湾的一家店里闲坐,小凯说明早要跑车,去东北,两人便走出来,分手道别。顾尧沿着路灯晃晃悠悠向前走,又走过几条黑暗的道路,绕过几块荧亮的水洼,一直晃到已被挖平的垃圾场。

场边有一块相对平整的高地,白天建设工人总待在这里休息。月下,这里横着一张露出海绵的破沙发,周围摆了两三个木板凳,地上摊着一个碎裂的黄色安全帽、几个饮料罐,散落着一地瓜子、扑克、烟蒂,还有碎玻璃。他将破沙发上的烟头灰尘掸去,蜷起身子躺了上去。他闻到一股菠菜叶子、香蕉皮、烂苹果集体腐败后的气味。

他拿出手机,拨电话给她。电话接通了,她没出声。

他说:"还记得那片垃圾场吗?被地产商看上了,整个被扒掉了,要挖人工湖,湖边盖楼。搞湖景房,一平一万三。"

他听到她轻轻地叹了口气,不知是不是月下的错觉。

他说:"你之前想找的那个人,我找到了。"

她沉默一阵,挂断了电话。他耳畔传来无尽的忙音。

他看着眼前的荒芜之地,青白啤酒瓶被砸碎后,落了满地的玻璃残渣,如水晶般熠熠闪烁,勾连出一片月下镜湖。他闭上眼睛,想起她念过的那首《水晶市集》:

鹤在市集叫卖,
龟背碧玺,烟霞水晶,
散步时偶见,
坟茔、逆子、绿幽灵……

岩浆忽然融化,
她望见落日垂下,
烧焦了褐色的群鸟。

发廊少女的嘴唇,
生长莲藕,
莲花白,
涂满流言、病语,和脏话。

她化成水之后,
冬天四处流浪,
白日开始滞销,
裂纹缠上泥浆和火机,
与盲人歌女的柳发,
一起,
在将晚的野湖上浮游。

水晶滩涂,
三十七只渔船乘白月一同坠落,

水晶滩涂，

三十七只渔船乘上白月，

下潜，

风在晃荡，

夜行者赤足蒙面，

走上一面布满掌纹的镜子。

  从衣袋中掏出一个巴掌大小的纸本，纸本由粗糙信纸裁成，字迹凌乱难辨。他感觉耳畔隐隐捕捉到什么声音，只觉身下土地微微颤抖，一声叫喊自孤旷的荒地升涌而来，他疑心这是野狐的哭声。

📝 授课

城市化故事题材中的主题挖掘

我清楚地知道，自己努力构筑出的文字世界正于现实劲风中如芦苇般晃荡。在这样一个不断摇晃和变形的世界中，海城可以是任何城市，水晶可以是任何美丽的事物，垃圾场可以掩藏任何罪恶。都市文明的发展进程中，人们的肉身行走在新城空间之内，信仰、乡愁这类精神游丝却在旧城的废墟之上浮游，被彷徨和迷思笼罩着的人们，开始寻找和回望。

在看似沉实的主题下，内容依旧是私人化的，在我的记忆中漫漶着。七月份时，我路过海城，街道拥挤，摩的风驰，出租车司机在扬尘漫天的路上摇落车窗，向我抱怨虚高的楼价和过低的收入。路边，地产商的挖掘机正在新城的广袤土地上奔跑，代替牛羊低头啃噬。远处，一尘不染的崭新楼盘拔地而升。两相对比，折射出一种虚幻的现代化光景。我坐在离开海城的出租车上，想起了外婆家的旧房子：飘满花露水味道和阴湿气息的床褥，光缎从窄窗垂落，尘埃在光里悬浮。而这一切，连同那个"垃圾王国"，都已沉埋地下。我意识到，我应尽快赶在记忆消失之前，记下这些，给它们最后一次在光柱中翩然起舞的机会。

诚然，世界是物质化的，这一点毋庸置疑，人们自然而然地迷恋着恢宏伟岸的事物,重量感等同于真实感,而这并非唯一的取向;滞重、浑厚、磅礴、肃穆,也并非唯一的曲调。

课后自习小站

1. 曾经在一次访谈中听到有人说:"没有一种能力是确定为文学所有的,也可能有,但至少没有一种能力是文学需要排斥的。"我对这一说法表示赞同,在某种层面上,做任何事都有增益写作的可能。
2. 要说除读书以外对写作有益的事,运动是不得不提的。个人倾向于游泳、慢跑这类有氧运动,在放松身体、保持健康的同时,有助于写作时更好地集中精力,还能释放心理压力,保持情绪稳定。
3. 英国作家扎迪·史密斯曾在《卫报》上发表自己的十条写作条规,其中一条是:"要么写得出漂亮的句子,要么写不出,没有所谓的'作家的生活方式',唯有留在纸上的才是确凿的。"因此,不妨遵循本心,随心所欲些,看看电影、纪录片、话剧、歌舞剧,逛逛美术馆、展览馆,听听演唱会,过相对自如的生活,不要担心在其他事情上分散了写作精力。不同的艺术类型之间,精神是互通的,任何专长、才能、爱好都能转化为隐秘的自身经验。因此,不妨多做与阅读写作无关的事,多与真实世界亲近。

李司平的写作课

- 写作理念
- 写作现场
- 授课
- 课后自习小站

文学冠军简介：李司平，男，傣族，1996年生于云南普洱，青年作家、诗人。曾获《人民文学》第九届全国高校文学征文小说一等奖、第六届全国大学生野草文学奖散文组一等奖、第四届广西网络文学大赛小说一等奖、第十届"茅台杯"《小说选刊》年度新人奖等奖项。小说作品发表于《中国作家》《小说选刊》等期刊。

写作理念

言于肺腑，表于象

写作，言于肺腑，表于象。我想，每一个作家的每一次写作都会有不同的理由，但唯一可以确定的是，每一个作家在成为作家之前都具备了这几个条件：首先是独立的意识以及丰富的内心，这是一个基础；其次是对这个世界有着过人的感知力与洞察力；最后是情怀，这是最重要的，同时也是最要命的。"情怀"一词对于一个作家而言，是骨骼，是灵魂。其实，我理解中的写作很纯粹，不过就是一个人在进行一个人的行为，它可以跟吃饭、喝水、上卫生间归为一类。

> 写作现场一

牧牛上山去

一

母亲的牛,原本有三头。

一头剽悍壮硕的大牯牛,一头腹大如鼓的母牛,母牛的如鼓大腹瘪下去之后钻出一头小牛犊。父亲说:"这下好啦!凑齐了圆满的一家三口。"

水牛皮厚,汗腺稀薄,滇南湿热的环境里,水牛靠水散热。所以放牛的场所必须有丰满的水草以及丰沛的水流。"牛滚塘"位置隐蔽,一般位于山洼积水处。每每放牛至此,牛便欢喜地喷喷鼻息,浸入其中。出来后,牛的身上裹满黏稠腥臭的泥浆。暴晒,失去水分的泥浆变为泥质的盔甲。牛的甲片有着毛发的内质,一片片、一绺绺覆在身上。一方面是为了阻挡阳光的直接灼晒;另一方面,以泥甲防御,能有效隔绝"嗡嗡"乱飞乱绕的寄生虫。

蝇类特有的复眼精确而有效,身躯庞大的牛在蝇类的视界中被不断复制,在复制中不断被缩小。直到抵达一个势均力敌的位置,牛虻的吸血管、苍蝇的寄生卵便成了出弓之箭,射向牛屁股。牛牤是水牛的宿敌,牛牤的长相更像是一只拼接着马蜂腹部的硕大苍蝇,南高原的牛牤更大、更毒、更凶猛。它们团结协作,它们密密麻麻,它们嗜血成瘾。

战场，就在牛的身上，攻守的双方交织在一起。"嗡嗡"蓄势射出的蝇群迅速而成功地着落在牛的敏感部位。吸血管——蚊蝇的进食工具，细微而又坚硬。舔舐，往下刺，往下刺。刺穿毛孔，刺进脂肪，刺进猎物的血管。这些密密麻麻的嗜血者，在吸食血液的同时，还往内部输送毒素。毒素微量而在小范围内发生反应，抵抗血液中白细胞的凝结，也麻痹着吸血的刺激所产生的痛感。寄生，是造物主为细微的生物所创造的一种伟大的生存方式。牛是蝇类的宿主，而蝇类何尝不是宿主呢！以纳米作为单位的细菌、病毒与蚊蝇相伴相随，寄生在蚊蝇的足部、腹部、口腔和体液中。现在，随着蚊蝇的捕食，它们要转移阵地，转移到牛的血管中。牛作为被迫的"献血者"，面对挑衅自然也不会无动于衷。牛尾是暴露部位的守护者，坚实、灵活、运用有力。蚊蝇着陆的同时，牛尾运行，扭动，向上摆起。牛尾的尾端拖着长而韧的牛毛，朝着密密麻麻的蚊蝇大军挥下。这样的动作通常只能用于驱赶，极少能产生杀戮。蚊蝇，是优秀的游击队员。

蜱虫，也叫牛虱，算得上牛的头号敌人之一。顽固而执着的性格注定蜱虫会是寄生虫中的佼佼者。同样是在牛的身上开展游击战术，蜱虫相对于蚊蝇更具有隐蔽性。它们通常孤军作战，在牛耳、腋下等一些隐蔽而又容易攻破的部位猎食。四对微小的足部有力而又长满倒刺，一旦附着成功，足部便牢牢锁在牛的表皮层。与此同时，蜱虫锋利的嘴巴往皮下钻，直至嘴沾血，埋头入肉方肯罢休。蜱虫是个贪婪的吸血鬼，腹中无血的时候绿豆般大小；贪婪饮血，直至浑身滚圆，成黄豆般大小，方从牛身上滚落。而贪婪的暴饮暴食也成为蜱虫暴露的主要原因，黄豆般大小的灰白色血球结在牛身上，一眼便知，这是吃饱的寄生虫。咬牙切齿，翻动牛耳，拨开腋下，将蜱虫取下来。取下来，是个技术活。埋头钻入皮下饮血的蜱虫的头部和牛的表皮组织紧密结合，强行将它拽下，顽固的蜱虫会在伤口处撕下一嘴肉来。加点儿盐巴，过量的氯化钠会使它松口。吸饱血的蜱虫圆滚滚，扔在地上用脚一踩，黑中显红的血液从体内爆开，腥臭而又惊悚。

水牛低头饮水，口鼻皆没入水中。水中的蚂蟥在此刻乘虚而入，通常进驻水牛湿滑的鼻腔。鼻中有异物的水牛深感不适，"呼哧呼哧"用力地吸气、喷气。寄居在呼吸道上的蚂蟥是处在风口浪尖的吸血鬼，前后两个吸盘稳固而牢靠，使得蚂蟥在黏滑的鼻腔内能够紧紧抓牢，展开嗜血的行动。牛的鼻腔内，薄薄一层黏膜相隔，另一头就是血管网。从微观的视角来解构蚂蟥吸血的嘴：口内三个半圆形的颚片组成锋利的牙齿，埋头进掘、吸食。鼻腔寄生蚂蟥的水牛会变得焦躁、愤怒，而又无计可施，并逐渐在焦躁中虚弱。摇头晃脑，用头撞地，用角挑土，这是无计可施的时候的发泄方式。老道的养牛人自有处理方式——往牛的鼻腔内灌盐水。不过也有走偏门的人提溜着一块生猪血在牛鼻孔处"垂钓"，左手猪血，右手镊子，蚂蟥从牛鼻孔处一露头就迅速用镊子将其夹出。吸饱血的蚂蟥有小拇指般大小，在乡野的偏方里，将吸饱血的蚂蟥晾干研末，可以治疗刀伤，有奇效。作为偏方的代价，牛在反复地被寄生、被吸食中不堪其扰，食欲不振，精神恍惚。

寄生，不仅限于体外，还有体内。不仅限于钩虫、绦虫、线虫、鞭虫。以纳米以下的超微观视野来端详，这些微观世界中的巨兽张牙舞爪，密密麻麻。进化的哲学经常将它们忽略，尽管它们是进化的最好范例。为了更好地实现寄生，它们拥有提前适应的本能，在提前适应中积累着大量的突变以及遗传的改变。物种生存的巨大潜力，正是源于此。自然法则强调生存唯有适应。寄生虫们在寄生中变换身形，更换宿主，进行迁徙……从千万年前的史前，到现在——它们无处不在。并且，它们已经有了充足的能力来对抗低氧、高渗透压、强酸强碱的寄生环境，以及寄生宿主体内自带的免疫军团。造物进化的过程里，是因为寄生虫如此强大，所以宿主才会那么微小？还是反之，因为寄生虫如此微小，所以宿主才会如此强大？我时常深陷于这样的因果循环的疑惑中，不得其解。

囊蚴微小近似于无，肝片吸虫将囊蚴埋伏在水牛爱吃的芹类植物中。进食，即一场寄生旅程的开始。从消化道起，成长发育的过程得以继续，它们在湿润温热的脏器内开垦、进食、释放毒素、合抱产卵，完成生生不息的轮回。而作为代价，水牛的肝脏肿大，实质硬化，结实硕大的水牛变得消瘦、疲软、焦躁而毫无办法。有一次，在实验室的显微镜下看到超微观世界中的血吸虫，它们密密麻麻地蠕动，弯曲变换身形，像极了死神手中那柄收割生命的锋利镰刀，不适感立即来袭，作呕，不寒而栗。血吸虫寄生在水牛的静脉系统中，分化、成熟、合抱产卵。发达的腹部吸盘进行固定和行进，口部吸盘进食。饕餮的背后，是水牛的高热反应。贫血，进而疲弱、死亡。血吸虫生在牛的体内，寄生的同时也伴随着往返的转移。没有防护意识，也就意味着这种寄生迁徙可能感染猪、羊、马，甚至感染人。有一年，村里决定杀掉一头病恹瘦弱的老牛，剖开牛腹，袒露器官，发现牛的脏器异常肿大。脏器切片上附着着许多白色的颗粒，后来才知道，这是寄生虫的卵。没有寄生防护意识，加之乡野里有食生肉生血的习惯，那一年，分食这头病牛的很多人都得了血吸虫病。他们一脸蜡色，消瘦。袒露肌肤，皮下突兀，有线条状的异物爬行轨迹。

生，不如死。这样的状态形容起来尤为困难。如果要通过文字来达到感同身受的效果，我甚至找不到一个形容词来贴切地进行描述。翻过百科全书，"疯牛病"是一个医学名词，指因大脑灰质出现海绵体病变而引发的神经错乱、视觉迷糊、平衡障碍、痴呆与死亡。当然，我所说的水牛可没有这种病症，仅仅只是为了形容，最大限度地呈现水牛受寄生虫侵扰的状态。田野中，放牛人高呼："牛……疯啦！"水牛在田野中肆意狂奔、跳跃，以角挑土，以头撞树，不再遵命于吆喝，人走近，奔向人；旁牛凑近，撞向牛。这样的疯癫状态绝大多数是由寄生虫引起的，可以理解为：疯癫是应对被寄生所引发的不适而又毫无办法的一种极端的发泄方式。而这样的疯癫状态一旦发作，就要将疯癫进行到底，直到牛疲惫不堪方可停歇。有事例可以证明：早些年对疯牛进行干涉，企图压制疯牛狂躁的四叔，被牛一扬角划开了肠肚；还有邻村的王三，紧拽着疯牛的鼻圈，被牛迎面撞出，断了根肋骨。疯癫、错乱、失控、附带杀机，种种表现，让我想起了一种叫蛊的神秘事物。《说文·虫部》中有记载："蛊，腹中虫也。"以毒制毒，取最好最毒的虫子放蛊，施毒，最终控制受蛊者的意志。寄生在水牛身上的寄生虫，不也是达到了这样的效果吗？那么，疑问就来了：最初是何物制造出此毒？又为何要向毫无恶意的水牛施以毒手？是建立在优胜劣汰、物竞天择之上的相互依存吗？

有一年，一头发疯失控的水牛挑起牛角刺穿了主人的身体后，冷静下来，低头嗅了嗅主人冰冷而血肉模糊的尸体。随即，"哞"一声低吼，毫不犹豫地一头撞向坚硬的山石。山石被撞得裂开了缝，水牛撞断了脖子。绽开的伤口处，密密麻麻的线状寄生虫爬出来，太阳光一晒就化成了水。

父亲说，这叫作"噬"，也叫"自噬"。

二

"滚崖子"，是南高原山区水牛死亡的最悲惨的形式。

山高谷深的南高原，拥有庞大身躯的水牛行走在羊肠小道上，逼仄的小道一侧就是近似于垂直的陡坡。羊肠小道最逼仄处，庞大而又笨重的水牛容易失足。失足坠下，便是滚崖子。不过，这并不是滚崖子过程的全部。少见的特例，如果山崖足够陡峭、足够高，那还好，给牛一个痛快的了结。

普遍的滚崖子的悲剧发生在坠崖结束之后——牛没死，摔断了腿，站不起来，这才是悲惨的开始。失去行动能力的水牛可以理解为报废，无论功与过，滚崖子断腿的牛只剩下食用价值。家中母牛滚崖子的场景，历历在目。母牛在滴水崖上走，崖上的青山覆满湿滑的苔藓，母牛一个仰头，"哞"一声，便失足往崖下坠。滴水崖是溪谷的发源处，上下落差十五米左右。谷底皆是坚硬又棱角分明的岩石，像一把把倒插着的巨大刀子。不止一次有牛从这儿坠下，谷底的岩石痛快地收割了它们的生命。而我家的母牛并没有这么"幸运"，从崖上翻滚而下的时候，半程卡在了崖上凭空生出的一棵大青树的根部。上不来，下不去，"哞哞哞！"母牛摆动着悬空的四肢。

老道的养牛人当场断言："肋骨断啦！要死啦！要死啦！"母亲在崖上抹着眼泪，说："不会的！不会的！"卡在崖下的母牛通人性，声调变化，带着感情色彩，"哞哞哞！"无计可施，母亲豆大的眼泪从眼中涌出，长长地悲叹，接受现实，因为无计可施。尽管崖下的母牛还没死，"哞哞"的叫声响彻山谷。牛的死刑，即将执行。父亲磨尖刀，插在一根长竿子上制成长矛，准备自下而上地给母牛致命的一刀。必须一再自我告诫，牛的死因是滚崖子。"丁零当啷"，锈迹斑斑的剥皮短刀、斩骨钝刀、割肉的片刀落在地上。三叔在崖下，心里发麻。二叔推着摩托车在村口的长坡上"哐啷哐啷"，他要去乡上，买烹牛的佐料。"母水牛的肉糙、膻柴，得好好腌腌。"说这句话的时候，二叔在摩托车上咽着口水。杀牛的时间定在次日清晨，有充足的时间精解一头牛的全部有用之处。

天黑了，母亲还在滴水崖上，山间阴风习习，母亲泪眼汪汪。外公陪着母亲，朝着卡在树上的母牛喊："死啦！死啦！怎么死不好，要滚崖子的！""滚崖子的"通常被视为乡野人们之间斗狠咒骂的诅咒词，可以理解为不得好死。随着外公朝崖下一吼，崖下的母牛悠长悲怆地回应了一声"哞"。母亲眼中再次蓄满的泪水决堤而出,"呜呜呜!"捂着脸对着崖下哭号。崖下的母牛"哞哞"回应,足以撕裂漆黑山谷的叫声相比之前显得有些疲弱。外公吞吐着烟圈,说:"看来这家伙真的受伤了,还哭起来了。"他把带着火星的烟头掷下山崖,"要死啦!要死啦!滚崖子的要死啦!"外公的声音拉得很长,像是给一头牛叫魂。一旁的母亲哭号得更厉害,盖过崖下牛的"哞哞"声。牛不叫的时候,母亲仍在哭号,仿佛牛把这种将死的悲痛转移到了母亲这儿。一种撕心裂肺的哭号回荡在山间,像一个母亲在哭她死去的女儿。一向视牛为至亲的母亲没有办法不伤心,她接受不了,一向勤恳温顺的牛现在落了一个滚崖子不得好死的下场;她接受不了,在试着接受一头牛必然死的现实的时候,牛在崖下"哞哞哞"。最让她接受不了的,是牛在将死不死的状态中,还需要自家人一刀了结悲号。

　　杀死这头牛,发生在次日清晨,母亲被外公劝回家后。父亲一脸凛然,拿着装了尖刀的长矛走到崖下。二叔、三叔在一旁观望,嘴中督促着:"要狠,要准!"不一会儿,二叔和三叔攀到崖上,将刚死的母牛从卡着的地方掰出来、掀下来。距离崖底,垂直距离有六米。被掀下来的母牛在空中翻滚两周,"砰!"落在崖底。落地的同时,可以清晰地听到它的骨骼断裂的声音。牛彻底地死了,只剩下食用价值,所以剥皮分割的程序进行得有条不紊。细致地精解,皮是皮,肉是肉,骨是骨。有效地被利用,这头牛由生到死,人们都恪守着物尽其用的原则,尽管有些残酷。

　　院子里尽是母牛肉散发的味道,一岁多的小牛犊满院子寻找它的母亲,直至它抬头看到被分割成条的牛肉。那一天,我第一次看到一头小牛犊表现出来的惊悚与绝望。

　　也就是从那天起,母亲再没吃过牛肉。父亲、二叔和三叔,患了久治不愈的牛皮癣。

三

　　牯牛的战斗欲望，只能被另一头牯牛挑起。

　　弱肉强食，这种规则普遍表现在雄性之中。源于本能的竞争意识，唯有战斗，这个最原始的方式，可以最有效地建立秩序。一山不容二虎，一块水田、一块草地，不容两头势均力敌的牯牛。曾经，我家的牯牛也是战斗的一把好手，壮硕、剽悍，具有碾压性的体格，长期拖着犁头与土地战斗练就了一身扎实外露的肌肉。黑亮的牛角长而弯，像一张安装在头上绷紧的弓。牛角的顶端尖利，我曾见牯牛用角挑瞎过另一头牯牛的左眼。

　　不可否认，牛是天生的角斗士。可放出牛圈的牯牛，富有战斗欲。扬起头，梗着脖子，怒张着鼻孔寻找着来自另一头牯牛的敌意。通常而言，如果两头牯牛都做这样的动作，各自散发出来的敌意会在一公里范围内传递到对方那里。这是一份叫战书，是挑衅，能让两头出圈的牯牛寻着敌意而长途奔袭。广阔的田野是战场。有一次，战场设在秋收以后空空如也的稻田中央。距离越近，奔跑的速度越快。"砰"一声，牛头对牛头，两头牛自身的重量加上一路助跑的加速度，同时作用于碰撞处。一块坚硬的石头撞击另一块更加坚硬的石头，比较硬度的同时，也在比较不顾一切、粉身碎骨的胆识。一鼓作气是一种原始而有效的战术，最大限度地掰着天平朝胜利的一方倾斜。有些时候，牯牛的战斗结果就是取决于这样的迎头一撞，比如现在，我家的牯牛凭借着比敌牛稍大的身躯和力量，在撞击发生的瞬间将敌牛反方向弹出——"哞！"敌牛一声吃痛的长吼——脑震荡。头部密集的脑部神经受创，前蹄下屈，脖子硬梗，脑袋杵地。战局已定，胜负分明。输牛表示臣服之后，胜者也就不再乘胜追击。取得胜利的牯牛平淡无奇地叫一声："哞！"算是为胜利欢呼。鼻孔怒张，"呼哧呼哧"，盯着敌牛片刻以示警告，然后扭头走开。留在原地的输牛，在地上战栗、恢复，灰溜溜地垂下头颅。

　　当然，在牯牛的战斗中，发生一击击倒的概率是很小的。迎头一撞，胜负未分的时候，战斗欲强烈的牛后退几步再向前冲击，将战斗拉向胶着状态。谁也不服谁，短时间内，谁也不能打败谁。鏖战开始。鏖战是肉搏，是无限制的肉搏。如果战斗开端的迎头撞击拼的是战斗双方的力量和胆识，那么鏖战拼的就是技巧和耐力。以耐力为基础，两头牛的头部又撞击在一起。四肢杵紧地面，头碰着头，牛角和牛角搅和在一起。一头牯牛想要推着另一头牯牛后退，一头牯牛想要别倒另一头牯牛。

　　技巧在于——如何灵活有效地运用牛角这一战斗中唯一的武器。牛角的威力前文有提及，而不同的牯牛头上的牛角的长势各不相同，这就尤为考验牯牛对牛角的运用熟练程度。牛角与牛角的战术动作无非是挑、拉、钩、刺。简捷有效，干练而凶狠。这几个战术动作的熟练程度也直接决定了鏖战的最终结果。充分把握好牛角的出击角度，挑、拉、钩、刺，招招可皮开肉绽，招招可见肉、可见血。有擅计谋的牯牛，步步杀招，专将牛角往对方眼睛挑。挑中了眼睛，受创吃痛的牛会在这时屈服认输，战斗结束。

　　一般这样的鏖战，结局是其中一头落败的牯牛在耐力枯竭后负着伤落荒而逃，胜牛乘胜追击，在追击的过程中各自耗尽战斗欲，偃旗息鼓。还有另一种鏖战，是不死不休的。在黔东南的斗牛场中，我曾看见职业的斗牛血淋淋地挑死对手。牯牛间的战斗是牯牛间的战斗，是出于本能的需要。我一向反对人为干涉，反对将斗牛职业化、商业化。很大程度上，斗牛的这种不死不休的打法，是人为挑起的。商人们为了保证斗牛的可看性从而逼迫绅士的牛以亡命徒的身份进行决斗。在斗牛场的幕后，我见过有人给牛灌兴奋剂，牯牛的双眼变得殷红。向死而生是唯一的选择，因为对手也达到兴奋的巅峰。人为挑起的战斗欲，激烈而短暂。冲进斗牛场的牯牛身上喷着数字，跳跃、狂奔。两个数字，要变成一个数字，这是人们期望的。人们管这叫作淘汰，或者晋级。两头牯牛在兴奋的巅峰对撞、死磕中，血淋淋地杀死对方。

暂且忽略对这种斗牛的商业化的批驳，在广大的乡野，是允许和鼓励牯牛战斗的。一方面，人们希望养一头好动而富有活力的牛，战斗是最好的活力积累和发泄方式。另一方面，强者拥有优先的交配权，战斗的结果直接决定着下一代小牛犊的品质。不过考虑到战斗会带来的伤亡，牯牛战斗的时候，放牛人会适时劝架。一般而言，在牯牛鏖战过程中一见血，放牛人便会将其劝开。给牯牛劝架的禁忌是靠近，放牛人只能围着田埂边吆喝。如果红了眼的牛不再听命于吆喝，放牛人会搬起田埂上的土块往两头牯牛相撞的部位投掷。后者，劝架的效果最为显著。还未决出胜负的两头牯牛各自分开，跑开的时候各自回头怒视对方，改日再战。

五年，我家牯牛战斗的黄金年龄仅有五年。体力、爆发力、耐力都达到顶峰的五年里，我家的牯牛是田野上的常胜将军，在放牛的道上趾高气扬、昂首挺胸。耕地犁田的时候，跟在后头掌犁辕的父亲，脚步竟跟不上拖着犁耙"嗷嗷嗷"上前的牯牛。不过随着牯牛的年岁增加，达到顶峰的状态也就意味着之后会逐渐往低处滑。不断有牯牛老去，也不断有年轻的牯牛崛起，其间伴随着少对老的挑战。我的牯牛作为曾经的强者，不得不应战。也就是在这样的情况下，我家的老牯牛和邻家的少牯牛在村后错落成台的梯田上展开了一场事关荣誉与尊严的鏖战。战火点燃之后，一老一少两头牯牛在狭窄的梯田上碰撞、胶着，从一级梯田跃到另一级梯田。头对头，角对角，在体力不支的情况下，老牯牛的眼角被少牯牛尖利的牛角扎进去，弯曲的牛角尖勾在老牯牛的眼眶骨。往下别，往下别，老牯牛前蹄一屈，前膝弯曲杵在地上。仍是各不相服，杵在地上的老牯牛扬起牛角向侧上方一挑，牛角立即挑开少牯牛的脖颈。血淋淋,各自都见红,怒着殷红如血的眼球,战斗打得更加凶猛。父亲朝着牛砸去一块土块儿。"砰!"土块儿砸在少牯牛准备挑出的牛角上。两头牯牛的战斗中途被阻,愣了片刻,自知不敌的老牯牛扭头往更低一级的梯田上奔。从上往下跃的时候,乘胜追击的少牯牛也自上而下压在老牯牛背上。"咔!"骨头断裂。在一米高的土坎儿下,我家的老牯牛摔断了一条后腿,"哞!"瘫在地上。

赶走少牯牛后,闻讯赶来的母亲不知详细情况,问:"怎么啦?吃着火药啦?"父亲说:"牛滚崖子啦!"母亲说:"你莫要扯谎,牛不是好好睡在这里!"父亲横着脸,指了指地上的牛:"脚杆杆,断啦!"母亲上前察看,吃了败仗又断了腿的牯牛瘫在地上,展示弱者的一面:"哞哞哞!"母亲不否定父亲所说,这样的情形真的跟滚崖子差不多,断腿的牛,就等于报废。因为牯牛有庞大的身躯,它站不起来。

可是母亲仍然心存幻想,"腿断了,治好不就行了嘛!"母亲自我安慰道。接下来,我的母亲力排众议,打算自行医治一头牛的断腿。她在牯牛倒下的地方用稻草搭建了一个简陋的草棚作为临时的牛圈,治断腿的偏方来源于马帮。山中有一种叫作"跌打还魂草"的草本植物,将其长而宽大的绿色叶片在火上烤软,再将其根部和花蕾捣碎置于叶中,趁热裹在断脚处。黏糊糊的简易药方,徒手触碰,又麻又痒。当然,偏方治大病,也是母亲心存的幻想。

"跌打还魂草"不算难找,老太爷的坟碑石裂隙处就长着一大簇。那些日子里母亲一心扑在牯牛的断腿上,每天坚持给牯牛换药,每天喂草料的同时还多加了一些精料,每天对着牯牛念念叨叨,牯牛通人性,"哞哞"叫。父亲管母亲的这种状态,叫作"中了魔怔"。不过父亲表示理解,理解母亲是接受不了她养的牛再次落了一个不得好死的下场。母亲为牯牛的断腿治疗持续了三个月,不知道是偏方真有奇效还是牯牛有强大的自愈能力,一天午后,瘫在地上的牯牛"哞哞"叫着,原地挪动,颤颤巍巍挣扎着——站起来!站起来的牯牛的断腿以一个僵硬的姿势撑着地作辅,三条好腿用力向前一瘸一拐地走。牯牛,瘸了,真的瘸了。这是母亲不得不承认的残酷现实。谁都不会指望着一条瘸腿的牯牛一瘸一拐地耕田犁地,继续养着,是累赘。至于杀了吃肉,母亲恶狠狠地警告父亲:"你再杀我的牛,日子就不过啦!"关于对一头瘸腿牯牛的处理,僵持了一个多月。精心喂养的牯牛越来越肥硕,瘫在地上的日子多,站起来的日子少。解决这一僵持局面的最好方式由外公带来——将牛卖掉。那么,要将牛卖给谁?卖给乡集上杀牛卖肉的张五六。水牛肉贱,只有张五六敢挂黄牛头卖水牛肉。母亲最终含着泪妥协,杀戮不能再发生在自家人身上,这是母亲最后的底线。同时,我们兄弟俩上学的学费,已经拖欠了一年。

  决定卖掉老牯牛的那天,父亲借故支开母亲,以一个低廉的价格将牛卖掉,杀牛人张五六就赶着一瘸一拐的老牯牛沿着山路走了。自知已别无选择,老牯牛"哞哞哞",嘶哑而低沉。一瘸一拐地走,不回头,去意已决,尽管路的尽头是屠刀的见血封喉。走山路不易,傍晚时分,张五六和老牯牛才走到山顶。"啪!"张五六的鞭子一挥,往下翻,继续走。这是一个将军惨淡的暮年,一直到太阳落山的时候才消逝不见。天黑尽了母亲才回家:"一整天心神不宁,一直都能听到老牯牛叫。"到牛圈,空空如也。父亲攥在手中的票子,油腻而膻。

四

  父亲手中黢黑的木炭在日历上涂抹,炭迹标注处写着:"宜祭祀,教牛马,断坟。余事勿取。"他随即放下手中的日历,瞧向牛圈中半大个儿的牛犊,说:"老大不小啦!该通鼻子啦!"

  日历中的"教牛马"是教牲畜工作、干活的意思。

  父亲口中的"通鼻子"是在牛鼻子上打孔戴圈,以便控制,为"教牛马"做好前期准备。

　　锋利的钢针用建筑钢筋打磨而成，小手拇指粗细，二十二厘米长。很久未用，为了保证尖利程度，父亲在石头上打磨。磨掉黑颜色的锈迹，银白色的铁质抛出来，喷上一口烈酒，算是简易地消毒，父亲拿着它走向牛。牛圈中的小牛脖子上套着绳索，固定在柱子上，脖子离地三十厘米。它一脸无辜，以头为中点，用屁股在原地打圈。牛的力量被别扭的姿势最大限度地分散，父亲一只手揽起硕大的牛头，夹在胳膊与柱子间的牛挣扎，但使不出多大的劲。不明所以的牛初显慌乱，被固定的头磨蹭着柱子，前蹄杵地向后撑，后蹄跃起又落下，毫无办法。在挣扎中，朝天的鼻孔怒张，"呼哧呼哧"地喘着粗气，露出内部肉色粉红的鼻腔。就是现在，父亲把握时机，钢针在手心捏紧，迅速朝着鼻腔斜侧刺进，"哞——"牛吃痛后张大没有下齿的嘴巴，一声惨烈的长吼伴着血渍和唾液星子喷在父亲脸上。此时，钢针已扎进鼻腔，扎穿鼻腔软骨，贯穿左右两个鼻腔。受伤吃痛的牛极力挣扎，父亲揽得越紧，它越挣扎。父亲撅着屁股，使劲将扬起的牛头往地上按，防止鲜血从鼻腔倒灌，呛伤呼吸道。挣扎与反挣扎，几番僵持对峙后，牛妥协，垂下头来，任由鼻腔的血液"哗哗"地流下来。牛的眼角有湿润的液体浸出来，父亲仍拉紧扎在牛鼻腔的钢针："迈迈塞！哭啥！又不是杀你！"作势一个狠劲儿将钢针往回拔。牛又挣扎了几下，没了力气，任由摆布。

　　鼻腔流血有所减少，牛"呼哧呼哧"喘着粗气。父亲厉声指挥着人："快拿牛鼻圈过来！"又安慰着牛："快啦！快啦！再忍一下。"尽管牛听不懂人话。鼻圈是不锈钢的，提前用酒浸泡过。戴鼻圈是为了防止新孔的愈合，一劳永逸的方式。以前是直接插个木塞，不过容易感染。浸过酒精的鼻圈被父亲掰开，往刚开始的伤口上捅进去。新伤再次中创，"哞——"牛的一声长吼结束的时候，父亲就将鼻圈套了进去，将开口处紧紧合拢。最后是粗略地消毒，稀释后的盐水往鼻腔灌，新伤遇到盐，剧烈的刺激使得伤口密布的痛感神经不断收缩、舒张、跃动，钻心地疼。牛再次奋力地挣扎，最终脱了力气，后腿一松，瘫在了地上。

有了通鼻子戴鼻圈的基础，父亲教牛马的程序在其后某天日历上标注"诸事皆宜"时继续。选一块土质相对松散的地，父亲扛着犁和绊索去牛圈里牵牛。戴上不久的鼻圈，被深感不适的牛在地上拱得脏兮兮的。牵牛的绳索从鼻圈穿过，拴紧，拽在父亲手中。起初牛不配合，死死站在原地不动。牛越固执，父亲手中的绳子拽得越紧，以示惩戒。绳索揪着牛的痛处，所以牛失去了拒绝的权力。绳索往哪个方向拉，牛必须往哪个方向走，这是避免再疼痛最好的方式。三角式犁铧顶端尖硬，两侧的叶片宽而薄，适宜浅耕、翻土。唐代后期出现的曲辕犁是我国耕具成熟的标志之一，其轻便、操控灵活的特性使得它一直被沿用至今。拴在犁辕上的绳索左右各一根，紧实而富有韧性，向牛背延伸，终端是一根弯曲的树干制作的犁弯杠。犁弯杠搭在水牛的前背上，作为主要的受力来源。在两根受力的绳索之外，另附着一根晃荡的稍细的绳索，拽在人的手里，挥鞭施令"前进""暂停""转弯"。父亲吆喝着让它站在原地，准备给它套上绳索，背上犁弯杠。没经教化的牛并不听话，像个调皮任性的孩子——或者，它本来就还是牛类中的孩子——出了牛圈就野了，张耳，怒目，保持距离。这也是一种本能，牛一贯保持对异类的防备状态。可是今天，必须将这种防备瓦解——父亲手中紧紧拽着绳子，另一端连接着牛的痛处。

牛与人可以保持的距离在父亲紧拽手中绳子的时候被缩短，逐渐互相接近。"哞！"可是牛犊挣扎，前蹄打直，后腿在原地跃起，拼命地想向后挣逃。可是它不知道鼻圈上的绳子所系着的，是能使它屈服的痛苦。父亲右手紧拽着绳子，并不以蛮力对抗，而是一紧一松地向后拉扯。这一紧一松的巧劲儿给牛带来的，是一波接着一波的疼。父亲向后拽时，嘴里也不闲着，要用怒火来熄灭怒火。尽管牛大概也听不懂父亲倾泻而下的话中所表明的恶意，不过父亲身上所散发出来的怒火，可灼烧周围的一切。能明显地发现，在父亲的厉责下的牛，不敢再撒野。一贯认为，牛与人的情绪是能互通的，起码能最直接地使一头牛在本能中意识到"撒野等于疼痛"。接下来，拴绳拽索，搭上犁弯杠，最后连接犁辕的动作倒也进行得顺利。牛不敢再造次，乖乖站在原地，低着头。它有意识避免父亲的怒火，它忌惮父亲手中那根连接鼻圈的绳子。

可教牛马，并不是单纯地制造服从，还要操纵。牛被套好绳索、跨上犁弯杠，父亲在后边掌着犁柄。正常情况——喝令："走！"——牛拉着犁铧往前走。可事与愿违，牛待在原地不走。父亲知晓缘由，牛之所以不走，是还没有接收到前进的命令。或者，牛还未具备前进命令的条件反射。这样的条件反射通过反复的体外刺激而获得，有些残酷。绵竹条子坚而韧，父亲高高挥起，朝着牛背抽下。边抽打边对牛嘶喊："走！"如此重复几次，后背吃痛的牛拖着犁铧往前奔。抽打还要继续，与每一个前进、暂停或者拐弯的动作同时进行，要将条件反射正式固定成为本能，喝令如山的本能。这样的刺激是一个漫长的过程，伴随着父亲严酷的抽打与喝骂。光有刺激是不行的，吆牛的口令是激发条件反射的触点，是操纵牛行为的开关。一般而言，口令所表征的动作无非是前进、暂停和拐弯。因人而异，不同的人，吆牛的口令也不同；反之，不同的牛，所听命的吆喝也不同。比如，有人"嗬！"一声表示前进；"嗬嗬！"两声表示暂停；"嗬嗬嗬！"三声表示拐弯。也有人更为直接，"走！""站！""转！"乡野里曾经闹过这样的笑话：有父子二人教牛，儿子掌着犁柄，父亲在一旁观看指导。儿子要驱牛前进的时候都习惯性跟父亲确认："爹，走啦？"父亲应允："走！"长此以往，在后来要驱此牛犁田的时候，开头总要一句作为启动："爹，走啦！走！"牛才慢悠悠地拉着犁铧往前走。

"噼里啪啦"，父亲挥鞭吆喝着牛向前没走出多远，牛便气喘吁吁，迟缓了下来。毕竟小牛还不成熟，被抽打着向前奔的时候，力量在爆发之后还未重新蓄积起来。小牛拉着犁铧走得很慢，终究没有停下来。只要小牛有拉犁的心，父亲就有耐心等。父亲掌着犁柄跟在牛后边，将犁铧上翘一些，犁铧划过浅浅的土层。只有让牛彻底地臣服，才能在以后的劳动中勤恳而踏实，任劳任怨。训练耐力的时候到了，父亲和牛在田野中熬。父亲并非残暴，每一头服帖耕作的牛都必须经历这样的折磨。牛自最初选择被人驯化的时候起，就意味着它从此要为农耕文明尽职尽责。父亲和牛仍在田野中熬着，都显倦意。骂骂咧咧好大一会儿的父亲口干舌燥，不想再骂了。因为拉犁的牛明显安分许多，几处拐弯的地方都有意识地停住，等待后边的父亲转变犁铧的方向。变化惊人，父亲也欣慰，决定休息一会儿。"站！"父亲叫停牛，牛收回劲来，站在原地。父亲卸下牛身上的犁弯杠，牛如释重负。卸下犁弯杠的牛仍然呆站在原地，不敢有下一个动作，这算是短暂训练的成果。

　　阳光灼人，父亲一屁股坐在田埂上的一丛青草上，长舒一口气，说："牛难教啊！自家的牛舍不得狠打。"牛扭过头来斜侧着和父亲对视。父亲从上衣口袋翻腾出一截皱巴巴的香烟点燃，叼在口中。再在裤子口袋中摸索，掏出一把黄灿灿的玉米粒来，"嘿！"朝着牛喊。将手中的玉米粒朝着牛展示出来，"过来！"牛离父亲坐着的田埂四五米远，慢悠悠地过来。一番劳累之后的牛怒张着鼻孔朝外喷气，低头嗅了嗅父亲递过来的玉米粒，不敢进食。父亲扶过牛头，温柔地说道："张嘴。"将手中的玉米粒往牛的口中喂，整只手掌伸进牛口中，撒下玉米粒，然后再将沾满牛黏糊糊口液的手拔出来在牛背上揩了揩。摸了摸牛的头，牛也用头微微蹭了蹭父亲，吃到玉米粒的牛更加温顺，显示服从。软硬兼施，是一种屡试不爽的教牛方法。不过更多的时候，缺乏软硬兼施的基础，因而教牛只能硬碰硬。曾有一性格暴劣的人，生生抽死一头倔强的牛。休息片刻，教牛继续，绝不能中途停止。教牛的要义：要彻彻底底

213

挫败牛的那颗桀骜之心。

再次跨上犁弯杠的牛的动作开始趋于娴熟，背部的肌肉抖动起伏，将受力的犁弯杠挪到皮肉最为厚实的位置。身子前倾，蓄积力气。"走！"父亲的号令一出，牛前进的程序被启动，缓慢而又充满力量感，牛向前去，犁铧随之慢慢插入地面。向前，向前，翻开土壤露出红色的肌理。不紧不慢，将每一丝力气都有效应用在犁铧上，这是牛自得的经验。父亲这次没有厉声呵责和鞭打，执掌着犁柄跟在牛的后头，香烟叼在嘴中，叼久了就粘在嘴唇上吐不下来，任由烟把眼睛熏得通红。刚刚适应拉犁的牛真的太小了，速度很慢，翻开的土层也很浅。父亲知道的，牛还需要时间，所以父亲绝不急于求成。把犁铧再次上翘一些，牛拉着犁铧划过土地的表层，牛拉着、走着，就行。训练耐力，更是训练踏实的心。那天父亲和牛走走停停，一直熬到了天擦黑才结束。父亲牵着牛回来，我看到牛被磨烂的前肩，以及它有些打战的脚。父亲在牛厩中撒了一些青草，说："蜕了一层皮，就好了。明天，继续。"

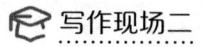 写作现场二

扁担弯曲的弧度呈现

一

少而不壮,那年十四岁,肩上挑着的担子有四十斤。

一定程度上,这个分量是从父亲肩上分来的。四十斤,是这个年纪该承受的分量。同样的,这样的分量是这个年纪能承受的极限。所以,我只能头缩着,脖子梗着,腰背以一个奇怪的角度向前倾着。绵竹砍成的扁担,很薄,韧性十足。两头负重后,绵竹扁担搭在肩上,硌着骨头。以肩为中心点,弯曲成弓。而我,则是蓄在弓上的箭。

绵竹扁担是父亲为我特制的,搭肩的位置明显放宽,接触肩膀的一面用玻璃片精心刮得光滑。父亲说这样不硌肩。当然,不硌肩是种相对的感受。我刚长成形的少年骨架子上还没结出厚实的皮肉。担子压在肩上,有承重之苦,有硌骨之痛。从第一次挑担子开始我便明白这样的道理:在合时宜的年纪给儿子砍一根扁担,是父亲身为农民可以为儿子做的为数不多的事之一。而这,也是作为儿子理所当然、无法推辞的责任。十四岁的少年肩上搭着扁担,也就意味着从此这个家多了一个男子汉。

肩膀向上顶起,扁担负重弯曲成的弧线,足具挣扎感。很少有人会注意到挑担时细微的差别,肩搭扁担,扁担两头负重以肩膀为中心点向

215

下弯曲。负重前行的时候,扁担和重物是反方向的死敌,二者的结合受重发出的声响各有不同。负重之物过轻,其声"嘎吱嘎吱",可以理解为这是扁担的抗议:"太轻啦!太轻啦!"遵从扁担的抗议,所负之重物和扁担统一阵营,它们在挑担前行的过程中前后晃动。本能地,挑担的人挑得越轻,走得越快。重物晃动得更厉害了,挑担的人为了制衡,反方向摇摆,越挑越吃力。相反,挑得担子分量够了,其声"咯吱咯吱",十分悦耳。担子向下的重力,扁担向上挑起的力,挑担人前行的力,三种力量为抵达终点而和谐地制衡着。挑担的人走得不紧不慢,沉稳踏实。

习惯于苦中作乐的人会在挑担前行的过程中幻想、幻听——"咯吱咯吱",肩上的扁担是交好的朋友,为挑担的人加油鼓劲。逞匹夫之勇、自不量力的人不在少数,他们加重负荷,蓄全力将担子挑起。扁担弯曲到一个极限,"咔咔咔",发出断裂之声,这是扁担超载之后的警报。挑担子的人继续走,所负之重物竭力下坠,跟挑担的人作对。通常情况下,挑重担的人超负荷前行,倘若中途歇下,再挑起来就尤为吃力。所以挑担子开始,父亲就传授"量力而行"这一重要的人生经验。经验来源于扁担,受用于普遍的人生事件。当然,为了加深这一经验的深刻性,还伴随着一句马帮挑夫的口头禅:"勤汉走十招,懒汉压折腰。"

曾经,乡野有过一种冷门的职业——专门为马帮的挑夫砍扁担的扁担匠。最后一个扁担匠叫三翁,六十岁以后就在自家门前种了一片绵竹林,专门为十里八乡的挑夫和农民制作扁担。绵竹韧性足,竹节分布细密均匀,受得重。取老绵竹回来晾干水分,破开,砍成扁担的坯料。再用滚烫的柴灰覆之,进一步加强坯料的韧性。然后将扁担的坯料置于火塘之上烟熏火燎,作防虫处理。欲购扁担的人必须亲自登门,扁担匠三翁一看挑担人的身形体态便可知晓此人能担多重的担子,扁担要砍多长、多宽、多厚。要说扁担匠三翁为何拥有此本领呢？乡野有过对他的热议，据说三翁年轻的时候是马帮的挑夫，曾挑着普洱茶从南高原跋涉到北京，也曾从曼德勒挑着水盐（海盐）回到南高原。不过自从扁担匠三翁死了以后，砍扁担这一门手艺就此失传。用过三翁扁担的人都一致认为三翁砍的扁担挑着舒服、受力不硌肩，经久耐用。要换扁担，大家就到三翁栽下的绵竹林里砍绵竹来自己制扁担。虽然没人能砍制出三翁那种量体裁衣式的扁担，不过乡野里的人们一致认为："砍扁担的绵竹砍扁担，挑粮挑金挑银堆成山。"

二

一般人第一次挑担，挑的是粪。实践证明，农民拥有土地这块最为厚实的家什。粪是黑颜色的金，粪是最硬实的货币。挑着粪，可以跟土地兑取粮食。所以，我们对粪有着与生俱来的亲切感。父亲粗鄙，总说："我们吃的是粮食，不是粪。脱了粪，我们什么都没得吃。"

我和父亲挑粪上山，苞谷种在村后山上的台地上。台地依山势而垦，呈梯级，小而斜。南高原雨季高强度的降水之下，土壤的肥力被冲刷而下的雨水带离，庄稼很容易脱肥。挑粪上山的必要性，在于这关乎全家人一年的收成以及明年的吃食，这是个影响生活质量的大问题。渥堆发酵的粪堆在猪圈后头，这里的"粪"是个综合的产物，其中包含着猪、羊、牛的排泄物，还包括烂菜头、腐烂的蒿草，还有柴火灰。长时间发酵的粪很臭，但我们并没有干呕。伴随着"嗡嗡"飞舞的蝇虫，粪被挖开，粪的中间夹杂着尚未化蝇的白色蛆虫。小的蛆虫抱团蠕动，大的蛆虫拖着尾巴在黑色的粪上爬行，密密麻麻。渥堆备用的粪呈半干状态，潮湿，但不渗粪水。我们要把粪铲进编织袋中，父亲负责铲，我弯着腰张着口袋。表层的粪全干，像土，不会粘手。但是每一铲下去都会扬起一些粪尘，用鼻子呼吸，粪尘进入鼻腔混合鼻涕，味发酸；屏住鼻息用嘴呼吸，粪尘灌进口腔和唾液混合，味道发苦。

与粪的亲密接触是不可避免的，需要做的、唯一能做的，也就是习惯它，尽快将它带到需要它们的庄稼们那儿去。装粪完毕，我挑四十斤，父亲挑八十斤。像是一个短暂而又庄重的交接仪式，父亲双手把扁担递到我的手中，说："挑出去的是粪便，挑回来的就是粮食。"黑色的粪与红色的土混合生成金灿灿的粮食，这是一个最为朴素的演变过程，安分守己的父亲精通它，并在节令所安排的程序中坚持执行。永不亏待土地，绝不是一条空洞的口令。它是几千年农业文明的精髓所在，从土地中得来的真理，又反馈于土地。这种相互供养的关系，所有本分的农民都将其囤积于心。

父与子的关系微妙，可以确定的是，父亲是个已经定型的汉子，儿子是模仿父亲的小汉子。这种模仿是具有成长性质的，伴随着模仿类型的增加，最终在模仿中推翻本尊。装满粪的编织袋要用系着回扣的绳索扎紧，绳索的另一头拴在扁担的一端。扎紧口袋也是一门技术，暗含技巧。父亲扎紧他的，我模仿父亲扎我的。模仿失败，失败之处在于绳索收紧袋口的时候，我扎的是死扣。绳索拉直时，从粪袋的底部到扁担的一整段距离大约五十厘米。五十厘米的距离刚好合适，利于我们蹲下去，梗着脖子钻进两边粪袋上头扁担所构成的空子。承重的扁担搭在肩上，首先要将双脚呈内八字，脚趾弩张抓实鞋垫，鞋子踩稳地面。足部和小腿相互配合发力，然后腰背部的肌肉绷紧，撅起屁股，肩膀挑着担子往上抬升。此时的体态最为别扭，肩膀被担子向下坠着，腰背弯着像一张弓，头部梗着向上。父亲曾不止一次地取笑我挑担起身时的体态，就像是晾在竿子上别扭的猪大肠。不过父亲取笑的原因在于督促，挑担起身的工作对腰背部位的损伤极大。父亲一贯认为，必须绷紧腰背的肌肉，以腰背部的肌肉保护一同弯曲而又挺直的腰椎骨。实际上，我后来才发现这一方式的保护作用是极小的。绷紧的腰背肌肉可以使得挑担起身的动作迅速，一气呵成，显得挑担的人干劲十足。弊端也正在于此，迅速地将腰椎弯曲到极限，又迅速打直，这无疑是一种对身体机能的损耗。同样地，也是在后来，我才发现父亲的腰背弯曲程度远远大于他的同龄人，一定程度上，这种弯曲程度接近于"驼"。

  在以腰背弯曲的程度为度量衡，以农村生活和农民生存为轴建立起来的坐标系中，不难发现这样的共性特征：长时期挑担负重的人，小腿壮实，几乎和大腿一样粗。浑身扎结看似充满了劲，实则每个人的腰椎或多或少都有伤病。我曾在一首残诗中这么写过："挑夫在长期的弯曲和打直的过程中，将自身原本挺拔的脊梁骨，置换成负重之中的扁担。"也不难发现，挑担人腰椎的弯曲和打直是有时间限制和条件的。上了年纪的挑夫，腰驼，不挑担子的时候更驼。正如六叔公说的："挑着挑着，腰背绷紧了皮肉，忘记了里面还有骨头。"对于挑夫而言，腰椎的弯曲和打直是两种相对舒服的姿势。挑起担子把腰椎打直了，经验所成。不挑担子的时候把腰椎弯下来，如释重负。再回到我和父亲挑粪的过程中来，我模仿着父亲，憋着劲，涨红脸，撅起屁股将担子挑起身来。"腰杆别弯，打直了！"父亲叮嘱。我挺了挺腰杆，夹紧屁股。"粪挑在肩膀上，我们走。"将挑粪作为一件光荣的事情，我继承了农民的良好禀性。十四岁，是个半大不小而又渴望长大的年纪。能从父亲肩上分过重量来，从某种意义而言，是男子汉之间的认可，我该自豪。父亲走在前面，我跟在后边。父子俩一前一后挑着粪穿村而过，父亲不停叮嘱："每一步都走稳当了，别扭到腰杆。"父亲在前不紧不慢，我跟在后边梗着脖子、缩着肩。穿村而过，途经人多的村口，我假想我是一个出征的战士，昂首阔步，故作轻松。

  我带着粪味而来。土地，是一片波澜壮阔的舞台。

三

　　急速扩张的村庄，使得开荒种地一直延伸到以村子为中心的方圆六公里之内。六公里，是这次挑粪的路程。乡野山道没有固定的名称，往来于道上的人将它踩了又踩，脚印叠着脚印。原本的野道的两侧是高大的树木，经常有毒虫毒蛇掉下来，砍了一些。后来要给抬坟碑的让路，又砍了一些。一整条野道就此从山间的密林中袒露出来。弯弯曲曲的野道是山的肠胃，宽的是大肠，窄的是小肠，边走边分支出来的野径是盲肠。全村的吞吐、消化、吸收和排泄均在这条道上进行。

　　如果将这段路按地形逐节划分，有三个长坡要爬，翻过第三个长坡后是一片难得的平地，称作"歇息坡头"。顾名思义，这儿是这条道上大家中途歇息的地方。树下有低矮的橄榄树结着橄榄，歇息的人摘一把塞嘴里嚼食，再捧一口泉水含在嘴里。橄榄、唾液和泉水在口腔内迅速发生反应，一股清凉的甘甜随即从口腔涌向喉头，从喉头涌入腹腔。顿时神清气爽，暑气全无。担子挑在肩膀上，可以认为"歇息坡头"是这条道的中心点。我按照地形逐节划分的一整段路程，实际上只能分为三个点，村庄—歇息坡头—玉米地。对于要侍农一生的人来说，三点成一线的野道指示了他们一生的轨迹，以及终生奔忙的方向。村中绝大多数人在这条路上重复游走和劳作，直至走完一生。

　　动力之源，少年的身体内部安装着一根紧凑而又短小的发条。这样的发条意味着少年迸发出短暂的爆发力后又显得那么力不从心和缺少耐性。挑粪过村时的我像个出征的战士，这个比喻在挑着担子离开村子不久就被推翻。现在，我更像一个丢盔弃甲的溃兵。每走一步，身上的汗水就涌出来。我们正在挑粪上坡的途中。汗水浸湿头发，一绺绺地顺着脸颊淌下，蒙住眼睛。我抻直了脖子、眯着眼睛往坡头的方向看，我承认我忽略了长与短是一个相对的概念。我开始怀疑距离，尤其是用脚步丈量出来的距离是否准确。在捷径的误区下，被踩出来的坡道陡而笔直，直抵山顶。挑着担子往上每走一步，身体重心就向前倾一些，膝盖骨折成九十度，大小腿的肌肉绷得圆而紧实，再配合着全身的肌肉使劲往上登。脸上结满豆大的汗珠的时候，太阳出来了。豆大的汗珠在阳光下变作结在脸上的金豆，顺着下巴往下滑。我忘了什么时候，胸前的衣扣全部敞开，衣袖撸到胳膊，草帽挂在扁担的一头。右肩被担子压着，越走腰越弯。越走，腰部的酸胀感就越强烈。父亲沉稳老练地走在前，依旧是不紧不慢的步伐挑着担子往坡上登，和我的距离越拉越远。通常，这样的距离直接决定了我是真正的少年，还是一个孩子。当父亲挑着担子越过坡头消失在我抬头的视野时，我即无助："爹，等一等我！挑不动啰！"不见父亲回应，我准备撂下担子在中途歇一会儿。右肩压着的扁担在上坡前进的时候，分量逐渐加重。硬邦邦的扁担隔着衣服磨着肩膀上的皮肉，酸胀而灼热，辣乎乎地刺痛。

　　不需要用任何词来修饰形容此时我挑担上坡的体态，我敢肯定的是我的腰背已弯曲到了极限，双腿的肌肉在烦琐的绷紧和舒张中疲软，腿杆子颤抖。生硬的挑担姿势碰到了生硬的扁担，我竭力将二者在前行的过程中磨合，想要找出一个最为舒适的挑担姿势。我头梗着、屁股翘着、屁股夹着、腿打着罗圈，我……尝试了我身体能做出的姿势后，仍未找出挑担的最佳姿势。负重的扁担继续压在右肩，往下坠。弓形的身体向前拱，乱了阵脚的步伐一点点向着坡上挪。这个动作说明少年的体力和耐力之曲线达到最高点，通俗而言，少年，也就是我，十四岁的体力和耐力将在此刻抵达一个极限。继续前行，是一种对极限的挑战，或者是透支。"耐不住啰！爹，歇一会儿嘛！"我对着坡上的父亲喊。担子仍压在右肩，脚步艰难地往前迈出一步。我那不可一世的、所谓的尊严作为最后的动力之源，硬撑着，担子不敢撂下。"挑不动吗？你换换肩膀挑嘛！"父亲的声音从坡头传下来，然后人从我的视野中冒出来："哪有人挑担子只用一边肩膀的！"我想，如果换位置看，以父亲居高临下的视角看挑担上坡中途挪不动窝的儿子，一定相当滑稽别扭。父亲提到挑担子要换肩，我才恍然。从起点到现在一直在用右肩挑担，难怪越走越觉得肩上的担子不断增加分量。那，挑担换肩要怎么换呢？将压在右肩的扁担换到左肩来，的确是个难题，不过我不敢将这种低级的疑惑表现出来。父亲的声音又从坡上传下来："早知道你还没有这个本事挑上来，我下来帮你挑！"父亲请求下来支援，而这立即被我——一个十四岁的少年——认定这是男人和男人之间的激将，我咬着牙厉口回绝："不用，不用，我挑得上去。"父亲知晓他的儿子继承了他那股子牛劲儿，倔强之处有过之而无不及，遂扶着腰杆站立在坡头做我的目标。"那你试着换一换肩，稳当地挑上来。"父亲在坡上极力嘱咐。坡下挑着担子的我又扛上了扁担，疲惫使得每向上走一步，身体都出现大幅度晃动，前后、左右。扁担压在肩上和身体合为一体，扁担两端的粪袋晃动得更加剧烈，而且是反方向的，跟挑担的人作对。肩上的扁担磨着右肩，这种磨伴随着重力的共同作用，透过皮肉，硌着骨头。

  我该换一换肩了，将右肩承受的痛苦转移到左肩上。这种磨肩硌骨之痛不会因为换了肩而消失不见。不过左右两肩的交替接换可以使这种挑担的痛苦拥有舒缓的余地。我是个挑担的生手，对于挑担换肩的技巧更是一窍不通。索性尝试，腰背照旧弯着，把头放低，让脖颈成为身体的最高中心点，然后双手撑着将扁担的承重点朝着这个中心点挪过去，最终以旋转的方式来实现挑担换肩的姿势。这样想，也这样做，并换肩成功。我心生暗喜：哟！挑担换肩也不过如此。父亲的声音又从坡上训下来："脖子骨都给你闪断！"显然，我挑担换肩的方式是错误的，有父亲口中闪断脖子骨的风险。挑个担子换个肩还有这么多的技巧和讲究，后来我总结过挑担换肩的正确姿势：身子重心稍微前倾，略侧身（右肩换左肩向右前方侧身），然后将肩背部位的冈上肌和冈下肌绷紧鼓起作为支点，手扶着扁担的一头，把另一头要换的扁担用力挑到另一边的肩上,即换肩完成。当然,那时年少无知的我自然不懂得这种技巧,自下朝上反驳父亲:"你莫管!你等着我挑上来就是了。"在坡头站立的父亲接受反驳:"好好好!我等你挑上来。"我一再强调父与子的关系之外还有着一层男人和男人的关系,而这所说的男人和男人的关系是建立在父亲与儿子的关系上的。现在,这个关系之上又增加了父亲所激起的儿子的战意。一个男人,要挑战另一个男人,我的倔强以及莽撞之力被开启。那一天,我咬着牙挑着粪,一步一步登向父亲站立的坡头。

有人看到我对挑粪上坡这一过程的描述,立即提出批评——"你,真能侃!"

其实,我不否认,那天我和父亲挑担上的那个坡不长,也就几百米。挑担,换肩,两个动作伴随着上坡同时进行。而上坡的时间也不长,父亲老练,用了二十分钟。我是生手,用了三十分钟,父亲等了我十分钟。不过,我一直都觉得这绝对是我十四岁那年发生的一个大事件。尽管现在回过头再看,这绝对是一件无论怎么描述形容都与"大"不沾边的小事件。我一直热衷于对细节的呈现,也正是因为有了细节,才不会使得一个少年成长的过程显得空洞。在成长的意义上,细节构成少年成长的心脏和骨骼,起着起承转合的作用,将一个少年从容不迫地过渡成为顶天立地的男子汉。十四岁的少年,要学会的本领还有很多。换肩是一种,将换肩的技巧熟记于心也是一种。往往在之后的生活中,我们用肢体的机械记忆多过于用脑子。基于生活的需要,我们竭力将这种记忆开掘成本能的反应。

四

因人而异。盘旋在山间的野道,像村子的肠道。如果将这条野道具体到个人,则是道上每一个挑担者身处其中的一卷记载光阴往事的电影胶卷。将这卷胶卷掐头去尾,无所谓始,也无所谓终。从这条道上归结具体，或多或少都能找到每个挑担而过的人的足迹。当然，这里的足迹仅起象征作用。山有巨幕，奔忙在这条道上的人挑着担子寻找自己的位置。换种意义而言，奔走在道上的挑担人，都行走在前往舞台的路上。舞台，可以指土地、庄稼、愿望……这些，都可以激起演出欲。再换种方式理解，也可以认为挑担的人在这条道上负重前行，本身就是表演的一部分。山有巨幕，舞台中呈现生活。所以，舞台无限地向生活延展，方方面面。

父亲说歇一会儿吧。嗯，那就歇一会儿吧！肩上的粪担已挑到父亲所在的坡头。尽管爬上了这个坡，再走一小段平路又要迎来另一个坡，再登上去，还有一个坡。不过我已经知道了如何在挑担的过程中交换左右肩，也就意味着我将有这个底气将这四十斤的粪挑着走完全程。

在这条道上走完一生的，还有我的爷爷。我的爷爷李尧贤，砢碜、结巴、人微言轻。挑粪上山的时候，自言自语："四个孙子，都是大学生。"一直到死，还在重复。

故事仍然发生在这条道上。偏僻而遥远的南高原，对化肥的使用较晚，人们也曾一度将化肥的功效无限拔高扩大，几乎等同于庄稼的仙丹灵药。尿素，是玉米的好搭档，混合粪一起用，可以使玉米叶繁枝壮，增加产量。可尿素刚流入村庄的时候不是这样。我的爷爷，是个文盲。第一次买来尿素的时候，他挑着尿素走在道上，逢人便问："这白花花的东西，要怎么用？"绝大部分的人说："我也不知道。"别有用心的人回答："抓一把，放在玉米发新叶的嫩窝窝上。"信以为真的爷爷那天用心地、仔细地抓着尿素逐一放在了玉米发新叶的嫩窝窝上……尿素烧苗的时候，新叶枯老变黄，整片玉米地呈颓败状。颗粒无收还搭上了一包尿素，爷爷气不过，薅了几株玉米苗扛在肩上登门求说法。人家开门说："袋子上有使用说明，你瞎啊？"爷爷被呛得目瞪口呆，哑口无言，灰溜溜地自认理亏。尿素烧苗那一年，全家吃了很久红薯和野菜混合制成的粑粑，嘴里发苦，胃里发酸。也就是在这样的情况下，爷爷痛下决心："我的子孙后代，都得是大学生。"这样的宣言，在当时是天方夜谭。从此，农药化肥无论怎么盛行，在爷爷眼里都是不值得信任之物。爷爷将粪视若珍宝，老了，干不动了，就在道上拾粪。热乎乎、黏糊糊的牛屎在地面上摊开，散发着青草的香气。爷爷蹲在地上用双手捧着牛粪往桶里放："鸡枞，这些都是宝贝。"拾粪的人少了，道上的粪多了。老年痴呆的爷爷死在了拾粪挑回的途中。那天他贪心了，越拾越多的粪，让他在一个坎子上磕碎了膝盖骨。

挑担的这条道呵！是往返性的负重表演中的单向轨道，一个农民由生到死的一生。走，我和父亲挑着粪继续走。

五

春水生而巨舰轻，无端地想起这句话。

挑着粪担翻过"歇息坡头"以后的路相对好走，一朵云从山那边飘过来，遮在我的头顶。如果我说我肩上的担子忽然轻了许多，那一定是假想出来的。

后来我认真地回想过和父亲第一次挑粪上山，这是一个少年迅速成长的节点。

父亲是助力成长的教练，一个男人要把男人的身份，正式赋予一个少年。值得庆幸的是，这个赋予的过程，我好像只用了一瞬间。

挑担，换肩。

我们已挑着担子上了三个坡了，现在要下坡。"上坡的时候看天，下坡的时候看地。"这是父亲给我的又一忠告，平凡的道理提醒我，每一步都要保持专注。所以我又记起了那天的画面：挑担下坡的路和上坡一样地艰难。一条道，前半部分盘旋向上，后半部分蜿蜒向下。如果上坡的动作是"蹬"的话，那么下坡的动作是"踏"，试探性地朝下。上坡的时候被绷到极致的肌肉在下坡的时候舒张开来，短暂疲软。腿部的关节在向下踏出一步悬空的短暂间歇被打开，又在脚掌落地的时候被挤拢。如此反复几次后，原本疲软的双腿变得战战兢兢。此时方能凸显父亲忠告的重要性，挑担下坡的时候如果不专注于地面，能保证的是，一颗小石子都能将人绊倒。同时，下坡的路段位于山的背阴面，路面潮湿，踩在上面很容易打滑，雨季更甚。所以下坡时伴随着"踏"这个试探性动作发生的还有一个后足跟"攥"的动作，下坡的每一步都要前脚掌踏实了，后足跟向下攥牢地面，才敢迈出下一步。当然，挑担的人不想跌倒，这些技巧姿势的掌握是完全出于自发的，所以这是本能的反制动作。父亲放慢步伐，重心放低，我跟着他、学着他，父子俩不说话。没有刚挑担起身时候的生涩和僵硬，我是跟在父亲后头的模仿与学习者，挑担的动作在挑担的途中逐渐趋于灵活。路途的崎岖和父亲的叮嘱，都能使我信服。下坡比上坡更为艰难，而我在上坡的途中已获得了从容下坡的资质。肩上担子的分量不增不减，十四岁的少年在极限与透支中得到突破，这种突破在于意志层面。意识上已经学会适应更多，因而现实里，我能承担更多。

作为代价，第一次挑粪上山的我，用尽全力将粪挑到玉米地，无精打采地回来，没有了后继之力。父亲打算再往返两次，将粪全部挑上山。我精疲力竭，无力地呆坐在粪塘边上，任由蝇虫围着我打了一下午的转。肩膀肿起来，被扁担磨开的皮肤，往外渗着丝丝血迹。最惨烈的部位是脚掌，起了大泡。走路的时候，起泡的死皮磨蹭着泡内新长的肉，又酥又麻，还胀痛。父亲再次叮嘱，脚板起的大泡千万别挑开，等着泡瘪下去、新肉长出来，死皮新肉叠加起来就成了老茧，是我们挑夫的保护层。

从十四岁第一次和父亲挑粪上山，到十八岁成年，我一直是跟在父亲后边挑担的小男子汉。那条挑担的小道不知道往返了多少遍，肩上所能承受的分量从最初的四十斤,到六十斤,再到和父亲一样的八十斤。父亲的八十斤分量一直没有变过,他说八十斤是个极限。不增不减,还能在道上往返挑担二十年。

我和父亲一样了,可是,当我可以挑着八十斤的分量在道上健步的时候,父亲越走越慢。

正如爷爷所言,我十八岁那年考上了大学。上大学前我和父亲挑担上山,也就是在那一天,我在挑担的路上超越并甩开了父亲。少不更事,对着落在后面的父亲喊:"爹,快跟上来,跟上来!"父亲不言语,不紧不慢。自从父亲驼了脊背之后,挑担的时候习惯埋着脸。

也就是在那天,我挑断了我人生中的第一根扁担。

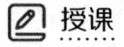 授课

从熟悉的环境中打造自己的写作谱系

本套"写作课"书系所收录的非虚构作品《牧牛上山去》《扁担弯曲的弧度呈现》以及中篇小说《猪嗷嗷叫》,我后来好好地思考过,它们同属于一个作品。原因很简单,它们都是同一片土壤延伸出来的若干枝蔓。

对于我这般容易多想的人而言,理想即我有天马行空的胆量去想。有一天父亲对我说:"你说话磕巴,要不去写作吧?让大家都读读你的文章。"于是我就从故乡的故事出发,开始了写作。写作先写散文,尽量写字数在五千字以上的长篇幅散文,这样可以在无形中提高自己。在坚持自己风格的同时也应关注他人,以培养自己更宽阔的视野和更宽广的胸怀。认真思考,精心打磨,作品不求"数",但求"质"。

课后自习小站

1. 手写文章,在浮躁中打造自己的沉稳性格。
2. 多出去走走、多采访、多记录,关注当下情况,询问身边老人一些故事,开阔视野后,可以自然而然地突破小我情怀。
3. 每天花一两个小时做自己喜欢的事情,多少都会有收获,贵在坚持。